後妻ですが、バツイチ旦那さまの容赦ない激甘愛でとろとろに溶かされています

～きまじめ教授と初心な教え子の両片想い即日婚～

m a r m a l a d e b u n k o

有允ひろみ

marmalade bunko
マーマレード文庫

目次

後妻ですが、バツイチ旦那さまの容赦ない激甘愛でとろとろに溶かされています
～きまじめ教授と初心な教え子の両片想い即日婚～

後妻ですが、バツイチ旦那さまの容赦ない激甘愛でとろとろに溶かされています

～きまじめ教授と初心な教え子の両片想い即日婚～

第一章　秋晴れの日々

『ずっと、ずっと好きでした』

その言葉を愛しい人に言えた自分を、心から褒めてやりたい。

だって、それを言わなければ、きっと片想いのままだっただろうから。

雛子《ひなこ》が宮寺将司《みやでらまさし》と結婚したのは、一年前の秋――。

ちょうど今のように、自宅の庭に植えられているキンモクセイが最盛期を迎えた頃だ。オレンジ色の花は小さく控えめだが、その甘い香りは庭に面した廊下にいても楽しめる。

「キンモクセイって、本当にいい香りだよね」

縁側に腰掛けて庭を眺めながら、雛子は大きく息を吸い込んだ。そして、しばらくの間、物思いに耽った。

結婚した当初、雛子は二十四歳になったばかりで、将司は三十五歳。二人は十歳以上年の差がある夫婦で、出会いはそこから二年さかのぼる。

将司は都内にある私立東伯《とうはく》大学文学部英文学科の教授で、当時雛子は新卒で同大学の事務局に就職した新人職員だった。勤めてすぐに同僚から「奥さんを事故で亡くしたイケメン教授がいる」と聞かされてはいたが、田舎から出てきたばかりの雛子は都会で新生活をスタートさせただけでも手一杯だ。特に気に留める事もなく仕事に没頭し、気が付けばあっという間に一週間が過ぎていた。

雛子がはじめて将司を見たのは、彼が何らかの手続きで事務局の窓口を訪れた時の事——。高身長ゆえに腰を折るようにして担当者と話す彼を一目見るなり、雛子は将司から目が離せなくなってしまった。

眼鏡越しに見える目は切れ長で、すっきりとした鼻筋の下にある唇は、常に優しそうな笑みを湛えている。話す声は穏やかで、つい聞きほれてしまうほどの美声だ。

今思えば、一目惚れだったのだと思う。

眉目秀麗で見るからに紳士的な彼の風貌は、東伯大学に籍を置く約四千人の教職員の中でも群を抜いて目立っており、活躍の場は大学内だけに限らない。

その上、将司の父親は東伯大学の現在の学長であり、その曾祖父に当たる人は同大学の創始者であり、祖父は幼稚園から大学までを包括する学校法人の理事長を務めている。そのほかの親族にも学者は大勢おり、政界や経済界にも親戚は多いと聞く。

将司は生粋のエリートであり、若くして周りからも認められている人格者だ。

性格は極めて温厚だが、仕事面では妥協を許さない厳しさもあり、その姿勢は終始一貫していて揺らぐ事はない。

とにかく仕事一筋で、超がつくほどの真面目人間。

だからこそ、将来は東伯大学の学長職に就くと目されているのだろうし、関わった人を惹き付けてやまないのだと思われる。

実際、将司に憧れている人は大勢いたし、雛子はそのうちの一人にすぎなかった。

しかも、エリート一族の出身である将司とは違い、雛子は両親に見捨てられた天涯孤独の身だ。夫婦はもともと娘への関心が薄く、雛子が小学校に上がる前に離婚した。それからすぐに雛子は父方の祖父母のもとに置き去りにされ、以来両親は行方知れず。優しかった祖父母もずいぶん前に亡くなり、頼れる親戚もない。

雛子と将司では、何から何まで違いすぎる。

そんな二人を結び付けてくれたのは、将司が同大学の公開講座で講師を務めていた「プロを目指す児童文学講座」だ。

将司は大学で教鞭を振るう傍ら、海外の児童文学や絵本の翻訳も手掛けている。そんな事もあり、退職する前任者から受け継いで講師を務める事になったようだ。

講座は東伯大学が社会人などの一般の人たち対象に開いているもので、前後期合わせてぜんぶで十二回の講義が開催される。

大学関係者の中にも、将司に近づきたいがために受講を希望する女性が複数人いた。だが、プロを目指すと謳っているだけに、生半可な気持ちでは申し込めないようになっている。

そんな中、雛子は以前から児童文学に興味を持っており、いろいろな物語に触れるうちに、いつしか自分でも書いてみたいと思うようになっていた。実際にいくつかの物語を完成させているし、できる事なら書き上げたものを本にして世に送り出したい――。密かにそんな夢を抱いていたし、講座を受講すればもしかしたらプロになれるかもしれない。

まさに渡りに船！

大学職員として勤務して二年目の春に、またとないチャンスがやってきた。

雛子は講座の存在を知るなり勇んで受講申し込みをして、提示された課題を提出した結果、無事条件をクリアして彼との出会いを果たした。

講義は国内外の作家の作品を題材として進められ、内容は学期ごとに異なる。定員二十名だが、そのうちの四分の一が雛子同様将司の講座を継続受講していた。

憧れの人は、見るたびに溜息が出るほどの美男だ。

雛子は日々将司の講義を心待ちにして、当日は朝から心拍数が上がりっぱなしだった。むろん、憧れる気持ちはあっても、それ以上の事を望んでいたわけではない。将司の講座を受講する気概はある。けれど、明るさだけが取柄の自分ごときが想いを伝える勇気などあろうはずもなかった。

身長は百五十三センチで、日本人女性の平均値に満たない。しかも、体重は理想的とされる数値を十キロばかりオーバーしている。丸い顔つきは全体的に幼く、二十五歳になった今も高校生に間違われるほどだ。生まれも育ちも田舎だし、親戚は皆平凡な庶民であり著名人などいるはずもない。

そもそも家柄からして不釣り合いだし、どう考えても二人の間柄が講師と生徒以上のものになる可能性などありはしない。

それなのに、継続受講している仲間たちは何を考えたのか、雛子と将司の仲をどうにかして取り持とうとサポートチームを結成した。

皆雛子よりも年上の既婚女性で、全員が受講当初から雛子の将司に対する想いに気づいていたらしい。彼女たちは年末に講師を交えての忘年会を企画し、そこで少し飲みすぎた雛子を将司に託し、自宅まで送るよう仕向けた。

心優しく生徒思いの将司は、それを快諾。雛子は彼に送られて自宅アパートに到着し、その夜のうちに将司と結ばれて結婚するに至ったのだ。

(あの時の事がなければ、今頃どうなっていただろう？　きっと今も将司さんとは講師と生徒のままだったんだろうな)

当日の夜、雛子はサポートチームの援護で将司の隣の席を確保した。

雛子は普段、アルコールは飲まない。けれど、緊張のせいかいつも以上にお酒を飲み進め、知らないうちに眠りこけてしまったらしい。

気が付けば将司におんぶされて帰途についており、夢うつつのまま彼の背中で彼のぬくもりを感じていた。

将司に背負われたままアパートに到着した雛子は、どうにか一人で靴を脱いで歩こうとした。しかし、足元がおぼつかず、結局は彼にお姫さま抱っこをされて、ベッドに運び込んでもらったのだ。

酔っぱらいの生徒など、送り届けてすぐに帰る事もできただろう。けれど、親切で気遣いのある将司は、かいがいしく水を飲ませたり着替えを手伝ったりしてくれた。

その上、雛子が眠るまで帰らないでいてくれようとしたのだ。

あの時の雛子は、酔っていたせいで夢と現実の区別がついていなかったのだと思う。

だからこそ、自分の気持ちを制御できず、将司への想いが暴走してしまったのだ。

（そうでなきゃ、あんな大胆な行動を取れるはずがないもの）

将司の優しさに触れた雛子は、嬉しさに感極まって彼に抱き付くなり声を上げて泣き出してしまった。そして、あろう事か驚いている将司に告白した挙句「今夜は帰らないでください」と縋り付いたのだ。

今思い出しても、穴があったら入りたいほど恥ずかしい行為だ。けれど、彼は雛子の望みを聞き入れ、結果的に二人は一夜をともにして男女の関係になった。

きっとそれも、泣いて頼まれて断りきれなかった彼の優しさのおかげだ。

将司は雛子が驚くほど妻を大切にしてくれている。今の生活は、雛子にとって夢の具現化であり、これ以上何か望めばバチが当たってもおかしくないほどの幸せを感じていた。

（私って、世界一の幸せ者だよね。世界中の神さまに感謝してもしきれないくらい）

優しく穏やかで包容力がある将司との暮らしは、雛子に心の安寧をもたらしてくれた。彼と一緒だと常に守られている気がするし、心強い事この上ない。

いったい、自分は前世でどんな善行を重ねてきたのだろう？

そう思うほど将司は理想的な夫であり、傍から見てもそうとわかるほど雛子の生活は幸せに満ち満ちている。

(将司さんと結婚して、もうじき一年になるんだなぁ)

雛子はしみじみとそう思い、愛する夫の顔を思い浮かべる。

『昨夜の事については、きちんと責任を取らせてもらいます。——杉咲さん、僕と結婚しましょう』

一夜をともにした翌朝、将司はそう言って雛子の目をまっすぐに見つめてきた。

世の中にはそれをワンナイトラブとわりきってしまう人が大勢いる。恋人でもない将司とのベッドインに未来はない。そう思っていたけれど、彼の態度は真摯で、言葉には確かな熱意が感じられた。

『はい！　ど……どうぞよろしくお願いいたします！』

焦るあまり声が上ずってしまったが、雛子は一も二もなく彼のプロポーズを受け入れた。そして、その数日後に婚姻届けを出して「杉咲雛子」から「宮寺雛子」になったのだ。

(あの時は、まさに怒涛の展開だったよね)

結婚が決まるとすぐにアパートを出る手続きをして、夫婦になると同時に将司の家に引っ越しをした。

将司は率先して動いてくれたし、おかげですべてスムーズに終える事ができたのだ。

とにもかくにも、雛子の人生は忘年会の夜を境に激変した。

雛子にとって、彼との出会いは人生最大の幸運であり、まさに天からの贈り物だ。

しかし、果たして将司はどうだろう？

そもそもこの結婚はたまたま起きたアクシデントがきっかけであり、それさえなければ将司は自分を妻にする事などなかった。

それは重々わかっているし、だからこそただ能天気に浮かれて、彼に迷惑を掛けたり呆れられたりするような事だけは避けなければならない。

雛子は縁側から庭に下りると、たくさんの花をつけているキンモクセイの枝を三本切った。それを持って家の中に入り、一番花が多い一本を選り分けて、リビングルームの隣にある仏間に向かう。

夫婦が住んでいるのは、都内に古くからある住宅街の中心に建つ、平屋建て日本家屋だ。敷地面積は、およそ二百四十坪。家の周りを囲むように庭が広がっており、それを塗り壁の塀がぐるりと囲んでいる。

堂々たる佇まいのここは将司が生まれ育った場所であり、築百年を超えてはいるけれど、適切なリフォームがなされており利便性も高い。ぜんぶで八部屋ある居室は、すべて通り抜けが可能で、広々とした庭には四季折々の花が楽しめる庭木が整然と植えられている。

宮寺家の本家であるここには、かつて彼の両親や父方の祖父母も同居していた。しかし、祖父母はすでに亡く、両親に関しては離婚して別の場所に移り住み、それぞれに新しい家庭を築いているらしい。

そのため、二人が結婚した時には将司のみがここで暮らしていた。庭に関しては、定期的に熟練の庭師に管理してもらっており、彼が手をかけなくてもまったく問題はない。屋内も、ほぼ自室と水回りを使うだけで、掃除もそこだけに留めていたみたいだ。

一人で住むには大きすぎるこの家は、夫婦二人で暮らすにも広すぎる。

だが、雛子は住み始めてすぐにどっしりとした趣があるこの家が大好きになった。

(だって、すごく落ち着くんだもの)

上京する前、雛子は祖父母とともに、ここと同じ平屋建ての日本家屋に住んでいた。

むろん、資産価値は天と地ほど差があるし、規模は小さく使い勝手も悪かった。

けれど、暮らしは穏やかで、楽しかった思い出は今も記憶の中に残り続けている。

はじめてこの家を訪れた時、あまりの広さと重厚な外観に圧倒されてしまった。

しかし、どこか懐かしい感じがしたのは、都会でありながら田舎のような静けさを感じ取れる家だったからだろうか。

将司は結婚後すぐに、通いの家政婦を雇おうかと聞いてくれた。

だが、雛子にとって家事はお手のものだし、できれば夫婦水入らずで暮らしたい。

結局、家政婦を雇うのは止めにして、雛子は日々この家のメンテナンスと家事に励んでいる。

もちろん、それはまったく苦ではないし、むしろ楽しくて仕方がないくらいだ。

雛子は日々、ここで暮らしながら、自分がだんだんとこの家に馴染んでいくのを感じている。

黒檀製の仏壇の前まで進むと、雛子は正座して線香に火を点け、目を閉じて静かに手を合わせた。祀られているのは宮寺家代々の先祖の位牌と、七年前に自身が運転していた車の自損事故で亡くなった将司の前妻・遥だ。

(遥さん、今年もキンモクセイが綺麗に咲きましたよ)

雛子は仏壇の引き出しを開けると、そこから遥の遺影を取り出してキンモクセイを活けた一輪挿しの横に置いた。

遥の享年は二十八。亡くなったのは今から七年前の事だ。

将司はプライベートでは口数が少なく、前妻についてもあまり多くを語らない。そんな彼が以前話してくれた事には、遥の父親もまた名家出身の大学教授であるらしい。

二人の父親は古くからの親友同士で、そんな関係もあって将司は幼少の頃から遥とは親しい間柄だった。そんな二人を見守るうちに、双方の父親は将司と遥を結婚させようと思い付く。母親たちも異論はなく、当時まだ幼稚園児だった幼馴染同士は許嫁になった。

幼馴染だった二人は、将司が二十六歳で大学の准教授になったのを機に結婚し、夫婦だけの生活をスタートさせた。

遥は将司よりひとつ年下で、生来身体が弱かった事もあり、大学を卒業したのちは自身の実家で家事手伝いをしていたようだ。

結婚後の二人は、ここではなく別の場所にマンションを買って住んでいた。将司は遥の死後一年はそこにいたが、五年前に両親が離婚してここを出たのを機に、マンションを売って実家に戻ったと聞かされている。

そんな事もあって、ここには遥を思わせるようなものは仏壇の引き出しに入っている遺影だけだ。

写真で見る遥は目鼻立ちがはっきりとした都会的な美人で、抜けるような白い肌の持ち主だ。その上、どこか儚げで触れたら壊れてしまうガラス細工のような繊細さを感じさせる。

一方、雛子はいつまでたってもあか抜けない和風顔で、肌もどちらかといえば浅黒い。目鼻立ちは悪くないが、各パーツが丸っこく、十点満点中六、七点といった感じだ。

そんな雛子でも、生まれつき身体だけは丈夫で、今まで大きな病気などした事がないし、体力だけは自信がある。

それが雛子最大の取柄であり、唯一遥よりも優れている点だ。

決して自分を卑下するわけではないが、遥に比べたら明らかに見劣りがする。

将司なら後妻になりたがる人は大勢いただろうし、さほど苦労しなくても遥と同程度に家柄のいい美人を迎えられたはずだ。

それなのに、今こうして仏前に座っているのは、特別美人でもなく生まれながらの庶民である自分だ。

雛子は仏壇の前から離れ、もう一度縁側に出て庭を眺めながら小さくため息をつく。

将司が雛子との結婚を決めたのは、あくまでも一夜をともにした責任を取った結果だ。そうでなければ、将司ほどの人が自分なんかを妻に迎えるはずがない。

彼がことのほか雛子に優しくしてくれるのは、将司が以前の結婚生活に悔いを残しているからだ。

雛子はその事をきちんと理解して、忘れないよう心掛けている。

将司から聞いた話では、遥と結婚した当初、彼は昇進したばかりで多忙を極めていた。新婚でありながらろくに帰宅できない日々が続き、出張で頻繁に家を空ける事もあったらしい。その結果、遥にはかなり寂しい思いをさせたようで、将司は今もその事を深く後悔している様子だ。

彼が雛子に対してあれこれと気遣ってくれるのも、そんな過去があったせいなのだろう。言ってみれば、今の生活は彼にとって贖罪のようなものだ。そうであれば、本来将司の気遣いを受けるべきなのは遥であり、雛子はその身代わりにすぎなかった。

(だけど、別にそれでいいよね。だって、私は将司さんを心から愛しているんだもの)

縁あって夫婦になったからには、たとえ一方通行であっても生涯彼を愛し抜く覚悟はできている。

将司にとってこの結婚が過去に対する罪滅ぼしになっているのなら、妻としてそれを素直に受け入れ、間違っても彼の邪魔にならないよう配慮する――。

それが、雛子にできるたったひとつの愛情表現であり、へまをして将司に嫌われるような事だけはしてはならなかった。

「……さてと、そろそろ仕事に行かないと」

リビングルームにもキンモクセイの一輪挿しを飾ったあと、雛子は出かける準備に取り掛かった。

将司と同じ東伯大学の事務局に勤務していた雛子だったが、結婚を機に退職して今は駅前の商店街の中にある「一ツ橋《ひとつばし》商店」という駄菓子屋でアルバイトをしている。

結婚して間もなく商店街の常連になった雛子は、無職になってすぐに一ツ橋商店の店主に誘われて、そこで働く事になった。

大正元年に創業したその店はアーケードの中ほどにあり、店主は一ツ橋万里子《まりこ》という人柄のいい七十代の女性だ。彼女は数年前に夫と死別し、今は店の裏手にある家で一人暮らしをしている。

店の営業時間は午前十時から午後五時半までで、定休日は水曜日だ。

勤務時間は午後十二時から午後六時までで、土日祝日は休みにしてもらっている。

雛子は庭でとったキンモクセイをジャムが入っていた瓶に活け、それを持ってアルバイト先に出発した。

（今日も、たくさんの子供たちが来てくれるかな？）

雛子は、日頃から何か物語を綴るのに役立ちそうなものはないかとアンテナを張っていた。大勢の人が行きかう商店街は人間観察をするのにふさわしいし、駄菓子屋はアイデアの宝庫でもある子供たちと交流できる理想的な場所だ。

それでなくても一ツ橋商店での仕事は楽しく、昔から子供が大好きな雛子にはうってつけだった。

ここからアルバイト先までは、歩いて十五分弱。店の入り口の上は瓦屋根になっていて、その上には銅板でできた看板が据えられている。

良家の子息である将司だが、幼い頃は友達と一緒に足繁く一ツ橋商店に通っていたらしい。そうでなくても、商店街は将司が通っていた小学校の通学路になっており、彼と万里子は同じ地域に住む顔見知りだ。

そんな事もあり、万里子からアルバイトを打診されたと話した時、将司は懐かしそうな顔をしながら、二つ返事で了承してくれた。

仕事は主に接客だが、腰が悪い万里子に代わって荷物の受け渡しや商品の陳列もする。子供好きの彼女は、いつもそろばん片手に会計用の板の間に座っており、雛子はその隣でおしゃべりの相手をしたり、子供たちに頼まれて宿題を見てあげたりしていた。

店の前に着くと、雛子はすでに開錠してあるシャッターを上げて、声を掛けながら中に入った。

「万里子さん、こんにちは」

「はい、こんにちは。今日もよろしく頼むわね」

笑顔で挨拶を交わしたあと、店内の掃き掃除をして棚に並んでいるお菓子の在庫を確認する。今はまだ授業中だから、お客は買い物ついでにやってきた大人たちで、さほど忙しくない。

けれど、放課後ともなるとランドセルを置いてからやってきた子供たちで店の中はいっぱいになり、万里子がそろばんを弾く音は閉店まで止む事はなかった。

その日も時間いっぱいまで子供たちの相手をして、午後五時半にシャッターを閉めたあとは、万里子が淹れてくれたお茶を飲みながら少しの間おしゃべりをする。

「将司君、相変わらず忙しいの？　たまには店に顔を出すように言っておいてね」

雛子は休みだが、土日祝日でも店は開いており、万里子だけで客をさばいている。

「わかりました。今度の日曜日にでも、買い物ついでに寄らせてもらいますね」

四年前に准教授から教授になった将司は、それまで以上に多忙な日々を送っている。

しかし、平日は極力早く帰宅できるよう努力してくれているし、休みの日には雛子が頼まなくても家の用事に付き合ってくれたり、一緒に買い物に出かけてくれたりしているのだ。

「そうしてくれたら嬉しいわ。そうだ、この間雛子ちゃんが持ってきてくれた将司君が翻訳したっていう絵本、さっそくうちの孫に読み聞かせたのよ。そしたら、すごく気に入ったみたいで、そのまま自分の家に持って帰っちゃったのよ」

「そうなんですか？　うちにはまだ何冊か同じものがあるし、ここに来る子供たちにも読んであげたいから、明日にでももう一冊持ってきますね」

「嬉しいわぁ、ありがとう。ふふっ……雛子ちゃんと将司君、仲がよさそうで何よりだわ。結婚して一年経つんだし、そろそろ子供がほしくなる頃なんじゃないの？」

万里子には四人の子供がいて、つい先日二人目の曾孫が生まれたらしい。彼女は雛子と将司の幸せを心から願ってくれており、かけてくれる言葉には優しい気持ちがこもっている。

けれど、こと子供に関しては雛子だけでどうにかなるものではない。返事に迷っているうちに、万里子が再度口を開いた。

「あらやだ。私ったら、つい余計な事を言っちゃってごめんなさいね。結婚したからって子供を作るとは限らないし、夫婦の事に他人が口を出すなんてダメよね」

万里子が自分の口を指先でペチンと叩き、すまなそうな表情を浮かべた。けれど、まだ言い足りない様子で、遠慮がちに言葉を継ぐ。

「だけど、雛子ちゃんは子供が好きでしょう？　そうでなきゃ、あんなふうに子供の相手をしたりしないし、そもそも駄菓子屋でアルバイトなんかしないわよね？　将司君だって絵本を翻訳してるくらいだから、子供なら何人でもほしいんじゃないの？」

「ええ、まあ……。だけど、自分たちの子供を持つとなると、また話が違うというか何というか……」

実際、雛子は子供が大好きだし、児童文学者になりたいのも、彼らが喜ぶ物語を書きたいと思ったからだ。

当然、結婚したからには子供がほしい。ましてや、夫は生涯をかけて愛し抜くと決めた相手だ。けれど、子供を持つには夫の協力が不可欠であり、雛子一人が望んでどうにかなるような事ではない。

雛子が曖昧に返事をして口ごもっていると、万里子がハッとした様子で自分の口を掌で覆った。

「ごめんなさいね。私ったら、また――」

「いえ、ぜんぜん大丈夫ですよ」

雛子は万里子の詫びを明るく受け入れ、お茶を飲み終えたあと笑顔で一ツ橋商店をあとにした。

万里子はいい人だし、いつも自分たち夫婦の事を気にかけてくれている。それはとてもありがたいし、できる事なら彼女の質問に素直な気持ちで答えたかった。

本当は、今すぐにでも二人の子供がほしい！

けれど、夫婦になったとはいえ、二人はまだ一度もベッドをともにしていなかった。

事実、身体を重ねたのは忘年会の夜のみで、当然妊娠する可能性はゼロだ。

寝室は同じだが、ベッドは別。ふたつ並んだベッドに間には間接照明が載った低い棚が置かれており、レイアウト的にはホテルのツインルームのような感じだ。

しかも、将司は常に多忙で、持ち帰りの仕事も少なくない。

寝るのはいつも雛子が先で、彼はあとからベッドルームに入る。

別に互いを避けているわけではないし、雛子はもともと十一時には眠くなって寝てしまうのが常だ。一方、将司は朝少しゆっくり起きる分、夜は遅く寝ても支障はないみたいだった。

そんな生活をしているうちに、いつしかそれが当たり前になり、雛子はいつも将司に「おやすみなさい」と声を掛けて先に寝室に向かうようになった。

雛子はまだ若く健康だし、その気になればすぐにでも妊娠できそうだ。

しかし、雛子は将司の父親である正一郎《しょういちろう》から、息子には内緒だと言って聞かされている事があった――。

それはまだ雛子が将司と結婚して間もない頃の話で、ある日突然正一郎から連絡が入り、東伯大学の学長室に来るように言われた。

正一郎は現在六十八歳で、宮寺家の当主にして一族の長的な立場だ。若い時に長期にわたり海外で暮らしていたせいか、柔軟な考え方の持ち主であり視野も広い。

彼は一人息子の再婚を喜んでいたし、はじめて挨拶に行った時から雛子には好意的な態度をとってくれている。しかし、将司との関係はあまり良好ではない様子で、普段めったに顔を合わせる事はなかった。

そんな義父が言う事には、将司は絵本や児童文学に関する仕事をしていながら、子供はさほど好きではないらしい。むしろ嫌いではないかと思うくらいで、前の結婚でも子供を持つ事は考えておらず、口うるさい親戚たちがどんなに勧めても頑として首を縦に振らなかったようだ。

そして、その時の事がきっかけとなり、将司はおせっかいな親族とは距離を置き、必要最低限の交流しかしなくなったらしい。

そんな状況は、現在に至るまで続いており、雛子は彼らとは一度も顔を合わせないままだ。

『幸いと言っていいのか、遥さんも将司と同じ考えでね。結局二人の間には子供はできずじまいだった。しかし、あれからずいぶん経ったし、子供に関しては一度将司と話し合ったほうがいいと思うよ』

正一郎にそう言われ、雛子もそうすべきだと考えていた。

けれど、あの温厚な将司が誰の説得にも耳を貸さず、断固として拒否したのだ。きっと、よほどの信念があっての決断に違いないし、そうであれば仮に話し合っても彼の考えが変わるとは思えない。

むしろ、そんな話を持ち出したら夫婦仲がギクシャクする可能性もなきにしもあらずだ。そうなったら、きっと一生後悔する。

それに、実のところ雛子は義父に聞かされるずっと前に、将司の子供嫌いについては職場の同僚たちから聞かされていた。

たとえ子供がいなくても、将司と夫婦になれただけで十分すぎるほど幸せだ。

もちろん、彼との子供が生まれたら最高に嬉しいが、将司が望まないのであれば、無理に持ちたいとは思わない。

そう結論を出した雛子は、結局子供に関しては自分から口を開かないと決めて、今に至るまで平穏で円満な夫婦生活を送っている。

そんなわけで、子供について将司から話題を持ち出さない限りは、改めて話すつもりはなかった。

(子供は可愛いし、本当に大好き！　でも、大事なのは将司さんの気持ちだし、それに抗ってまで作ろうとは思わないもの)

将司が、なぜそう考えるに至ったのか、気にならないと言えば嘘になる。けれど、無理に聞こうとは思わないし、時期が来れば彼のほうから話してくれるかもしれなかった。

その時が来るまで、気長に待っていよう。もし来なくても問題はないし、雛子にしてみれば愛する人と生涯をともにできるだけで大満足だ。

それに、実のところ雛子には子供の件よりも、もっと気がかりな事があった。

普段は、おくびにも出さない。だが、気がかりは常に雛子の胸の中にあり、いつもは忘れていても、事あるごとに思い出しては考え込んだり落ち込んだりしてしまう。

将司の亡き妻の遥——。

雛子は毎日仏壇の前に座り、引き出しから彼女の遺影を取り出して手を合わせている。それはもう生活の一部だし、そうする時の雛子は常に笑顔だ。しかし、にこやかに笑っていても、本当はいろいろと考えすぎて辛くなる事が多々ある。

将司が遥について多くを語らないのは、きっと今も彼女の事を深く想っているからではないだろうか？

雛子と再婚したとはいえ、二人は恋愛をしたわけではない。

自分は心から夫を愛しているけれど、彼のほうはそうではないのだ。

（仕方ないよね。あんなに綺麗な奥さんがいたんだもの。忘れられるわけないよね。きっと、今も将司さんの心の中には遥さんが住み続けているんだろうな）

将司と結婚するにあたり、雛子は自分なりにそんな気がかりと折り合いを付けた。

しかし、頭ではわかっていても、たまにどうしようもなく心が痛くなる時がある。

彼女の代わりになろうにも自分ではあまりにも力不足だ。いくら頑張っても遥にはかなわないし、将司はきっと今も亡き妻を想っている。

むろん、諸々承知の上で将司との結婚を決めたし、後妻である以上、前妻の存在は一生消す事はできない。

（なんて、私ったら、またウジウジしてる！）

いつの間にか、ネガティブな考えに気持ちが取り込まれそうになっている。

雛子は強いて口角を上げて、にっこりした。

明るさが取柄なのに、それすらなくしてどうする！

気を取り直して夕食の買い物を続け、商店街を出ると、いつの間にか雨が降り出していた。

「やだわぁ。もう降り出した！」

うしろから歩いてきた買い物袋を持った女性が、バッグから折り畳みの傘を取り出した。今朝見た天気予報では、雨が降るのは夜からだと言っていたのに、もう本格的に降り出している。

（どうしよう……。店に戻って傘を借りる？　でも、もう万里子さんは奥に引っ込んじゃってるよね）

空を見上げると、もうすでに一面に雨雲が広がっていた。

雛子は店のシャッターの鍵を持っているから、今から引き返して万里子に言えば、傘を貸してもらえるだろう。けれど、彼女は店を閉めたあと、いつもテレビを見ながら一時間ほど仮眠を取るのを習慣にしている。

今頃はもうウトウトしている頃だし、寝入りばなを起こすのは忍びない。

（やっぱり、自転車にすればよかったな）

自宅には、上京してすぐに買った自転車がある。けれど、健康面を考えて、普段からできる限り徒歩で通っているのだ。

走って帰れなくもないが、今日は少し肌寒く、下手をすれば風邪を引いてしまう。

どうしたものかと考えているうちに、だんだんと雨脚が強くなってきた。

こうなったら、商店街で傘を買うしかない。そう判断した雛子は、踵を返して傘を買いに行こうとした。けれど、歩き出すなり背後から名前を呼ばれ、足を止める。

「雛子」

聞き覚えのある声に反応して立ち止まり、急いでうしろを振り返った。

「あっ……将司さん」

商店街を少し出たところに、傘を差した将司が立っている。落ち着いた色のコットンシャツにダークグレーのコートを羽織っている将司は、まるでファッション誌の表紙を飾るモデルみたいだ。

雛子が商店街の入り口に駆け戻ると、彼は微笑んで小さく手を振ってくれた。そんな彼の何気ない仕草を見るたびに、胸がときめいて仕方がない。

「どうしたんですか？　もしかして、迎えに来てくれたとか……」

将司はさしているのとは別に、傘をもう一本持っている。それは雛子が普段使っている空色の傘だ。

「そうだよ」

将司は昨日から学会出席のために地方出張に行っており、一時間ほど前に帰宅した。

それから間もなくして雨が降り出したが、傘立てを見たら空色の傘がある。

ちょうどアルバイトが終わる時間でもあり、雛子が困っているのではないかと思い、
迎えに来てくれたようだ。

「出張から帰って来たばかりで、疲れてるのに……」

「電車では、ずっと座っていたし、これくらい何でもないよ。ほら――」

将司が雛子に歩み寄り、片手にぶら下がっていた買い物袋を持ってくれた。

雛子は空色の傘を受け取り、彼とともに商店街の外に出ようとした。ちょうどその
時、近くにあるクリーニング店から一ツ橋商店によく来る女の子が出てきた。

彼女は母親と一緒で、雛子に気づくなりニコニコの笑顔になる。

「雛子ちゃん、こんばんは！　あれ？　もう、こんばんはでいいんだよね？」

「こんばんは、加奈《かな》ちゃん。そうね、もう午後六時を過ぎているから、こんばんはで
大正解！」

「やったぁ！」

雛子はハイタッチをしようとする小さな手に応えて、加奈とパチンと手を合わせた。

雛子が彼女の母親と挨拶を交わしている間に、加奈が空を見上げて「あっ」と声を上げる。

「お母さん、雨が降ってるよ」

加奈が商店街の外を指して、母親に話しかける。

「あら、本当だ。やっぱり、傘を持ってくればよかったわねぇ」

「加奈が持っていこうって言ったのに～。お母さんが荷物になるからいらないって言ったんだからね」

加奈が口をとがらせて、母親に抗議する。

困っている様子の母娘を見ていた雛子は、自分の傘を貸していいか将司に聞こうとして彼を振り返った。すると、将司が自分の持っていた傘を雛子に差し出してくる。

「僕の傘のほうが大きいから、これを貸して差し上げたらどうかな？」

「いいんですか？」

「もちろんだ」

雛子経由で将司の傘を母娘に手渡すと、二人は夫婦に礼を言いながら雨の中を仲良く帰っていった。

「さあ、僕たちも帰ろうか」

将司が雛子の手から、空色の傘を取ってにっこりする。彼のほうが背が高いから、傘をさすのは将司のほうが適任だ。

雛子は元気よく「はい」と答えて、彼が持ってくれている荷物に手を伸ばした。

「じゃあ、荷物は私が持ちますね」

「いや、結構重いから僕が持つよ。濡れるから、なるべく僕にくっついて歩いたほうがいい」

将司が左手に荷物を持ち替えて、右手で傘をさした。そして、雛子に向かって右腕を近づけてくる。

「ほら、ここに掴まって」

二人でひとつの傘をさすのは、わかっていた。しかし、まさか将司の腕に掴まりながら歩くなんて予想外だ。

「は、はいっ」

一気に緊張が高まる中、雛子は言われるがままに将司の右腕に手を回し、彼と寄り添いながら雨の中を歩き始めた。

雨足は強いが、幸い風はなく雨粒はまっすぐに地面に落ちてきている。この調子で降り続けば、凸凹のある田舎道ならすぐに水たまりができるだろう。

しかし、この辺りの道のほとんどは透水性舗装がなされており、雨が降っても水がたまるような事はない。

それでも、将司は雛子が歩きやすいような道筋を選んでくれているし、歩調も合わせてくれている。さりげなく上を見ると、空色の傘の中心が雛子の真上に来ているのが見えた。

(将司さんって、本当に優しいな)

雛子は傘を持つ将司の手を、そっと左側に押した。けれど、将司の手はいくらそうしてもびくとも動かない。その上、彼は身長差のせいで雛子に雨が吹き掛かるのを気にしてか、若干背中を丸くして歩いている。

「将司さん、そんな姿勢だと歩きにくいでしょう？　それに、もっと傘をそっちに向けないと濡れちゃいますよ」

「いや、僕は平気だし、コートを着ているから濡れても大丈夫だ。本当は、これを着せかけてあげたいんだが、少々丈が長すぎる。何か雛子が羽織るものを持ってくればよかったな」

将司にすまなそうな顔をされて、雛子はあわててかぶりを振る。

「こうして迎えに来てくれただけで十分です！　傘、まっすぐに持ってください」

「だが、それでは雛子が濡れるだろう？」

「じゃあ、もっとくっついて歩きます。だから――」

雛子は密かに照れながら、それまで以上に将司に寄り添った。それでも、まだ傘は雛子のほうに差し掛けられたままだ。

歩きながら、さっきよりも力を込めて将司の右手を左側に押してみる。すると、それに気がついた彼が、立ち止まって雛子を上から見下ろしてきた。

「雛子、ちょっと手を離してくれるかな？」

「は……はい」

もしかして、しつこくしすぎて怒らせてしまったのだろうか？

そんな心配をする雛子の横で、将司は持っていた買い物袋を肘の内側に引っ掛けた。そして、傘を右手から左手に持ち替えると、空いた右手で雛子の肩を自分のほうに抱き寄せてくる。

「これなら、少しはマシだろう？」

二人の身体がぴったりとくっつき、雛子は将司の腕の中に包み込まれるような格好になった。

「はい。でも、荷物は私に持たせてください」

雛子は頬を上気させながらも、買い物袋に手を伸ばした。

「雛子は優しいね。だけど、僕が持ったほうが歩きやすいから」

将司が再び歩き出し、雛子は彼に肩を抱かれながら家路に急いだ。

正面からやって来る人たちが、チラチラと二人を見ながら通り過ぎていく。知らない人から見たら、自分たちはどんなふうに見えるのだろう？

長身で九頭身以上はある将司に対して、雛子はギリギリ七頭身といったところだ。凸凹カップルにもほどがあるし、道行く人がびっくり顔をするのも無理はない。

だが、将司はまったく意に介する様子もなく、妻の足元を気にしながら歩いてくれている。こんなに優しくて完璧な夫は、世界中のどこを探しても見つからない。

雛子は改めてそう思い、肩に掛かる彼の手のぬくもりを心からありがたく思った。

「だいぶ強く降り始めたな。少し急ごうか」

将司が歩く足を若干速めながら、さらに肩を抱き寄せてくる。

雛子を雨から庇うようにして歩いているせいで、彼のコートはびしょ濡れだ。

それを見るなり、雛子は歩きながら胸が熱くなった。

きっと、彼を幸せにする事こそが、今生の自分に与えられた使命に違いない。

そんな考えが浮かぶなり、雛子はギュッと唇を噛みしめた。

こうなったら、何が何でも将司を幸せにしてみせる！

雛子は心の中で固く決意すると、少しでも彼を雨から守ろうとしてコートの腰にそっと手を回すのだった。

◇　◇

『ずっとずっと、好きでした』

今でも、ふと雛子に想いを告げられた夜の事を思い出す事がある。

「プロを目指す児童文学講座」を開講して二年目の年末、忘年会のあと彼女に泣きながらそう言われた時、今までに感じた事のないほど強い胸の高鳴りを覚えた。その直後、「今夜は帰らないでください」と縋り付かれ、気が付けば彼女を抱きしめて唇を重ねていた。

あの時の雛子は明らかに酔っていたし、将司自身もコップ一杯の日本酒を飲んだあとの出来事だ。

（まさに怒涛の展開だったな）

十月最初の土曜日、翻訳の仕事をやり終えた将司は、大きく背伸びをしながら天井を仰いだ。雛子との結婚を決めた時の事を思い出しながら時計を見ると、いつの間にか午前一時になっている。

奇しくも、雛子をはじめて胸に抱き寄せた時と同じ時刻だ。

酔った勢いで——と言ってしまえば、それで済んだかもしれない。

実際、翌日の日曜日に目覚めた時の雛子は、可哀想なくらい恐縮しており、すべて酔った自分が悪いと言って何度も謝ってきた。

しかし、引き留められるままにアパートに居残ったのは将司だし、愛おしさが募って許可も得ずに唇を奪ったのも自分だ。その上、拒まれないのをいい事に身体まで重ね、その翌朝にプロポーズをして結婚の同意を得た。

『昨夜の事については、きちんと責任を取らせてもらいます。——杉咲さん、僕と結婚しましょう』

それから婚姻届けを出すまでの展開は、かなり強引だったと思う。

何せ、二人きりで夜を過ごした日から五日後には夫婦になっていたのだ。

当時の雛子は終始キツネにつままれたような顔をしていたし、何が起こっているのかわかっていない状態だったのではないだろうか。

しかも、彼女は身体を重ねる行為ばかりか、キスをするのすらはじめてだった。

外見からして、まだどこか幼さが残る雛子だ。男性経験がなくてもさほど不思議ではないし、容易に想像できたはずだったのに……。

けれど、あの時は理性の箍がはずれたかのように、途中でやめる事がどうしてもできなかったのだ。

いくら同意の上とはいえ、雛子は受け入れるだけで精一杯だった事だろう。

それは健気に歯を食いしばっていた様子から伝わってきたし、その顔を見てさらに愛おしさが増して、さらに劣情を煽られてしまった。

(僕とした事が、なんて破廉恥な真似を……)

翌朝、手をついて謝ってくる雛子には心底驚いたし、彼女を一生愛し守り抜く気持ちが抑えきれなくなるのを感じた。

そうだ——。

偶発的な出来事だったにしろ、将司はあの夜、はっきりと雛子を愛おしいと思った。

それは自分でもびっくりするくらい突然湧き起こってきた感情であり、どうにも抑えきれないほど強い想いだった。

だからといって、思い付くままにプロポーズをするなんて、我ながら呆れる。

どう考えても大学の文学部教授である自分が取るような行動ではないし、せめてもっとロマンチックな言い方をすべきだった。

（言うに事欠いて、責任を取らせてもらいます、だと？　受け入れてもらったからよかったものの、あれじゃあ、まるで一夜をともにした償いで結婚を申し込んだみたいだ）

かくなる上は、折を見てプロポーズをし直したい。そして、雛子に想いのたけをぶつけ、夫婦としてもっとお互いの事を理解できるよう歩み寄りたい。

将司は密かにそう思い、機会を窺っているのだが、なかなかタイミングが計れないまま今に至っている。

（いい年をして何をやっているんだ？　我ながら情けない……）

結婚は二度目の将司だが、実際のところ恋愛経験はごくわずかだ。

そのため、女性の扱いに慣れていない。仕事では饒舌に話すが、プライベートでは寡黙だし、気の利いた事ひとつ言えたためしがなかった。

そんな将司が雛子とはじめて会ったのは、勤務先である東伯大学の事務局を訪ねた時だった。

季節は春。

フロアの奥にいる雛子は、当時まだ事務局で働き始めたばかりの新人で、お世辞にも垢ぬけているとは言い難い外見をしていた。けれど、にっこりと笑う顔は満開の菜の花畑のように明るく、真面目に仕事にいそしむ姿は花開く前の桜の蕾のような初々しさがあった。

決して目立つわけではない。だが、事務局を訪れるたびに、なぜか彼女の姿を無意識に追ってしまう。だからといって何かしら行動を起こすつもりなどなかったし、ただ単に雛子を見かけては、その純朴さや真摯に仕事に取り組んでいる姿に心を和ませていただけだった。

それから二年後の春、将司は間もなく定年退職をする教授からぜひにと頼まれて、大学の公開講座で講師を務める事になった。講座名は「プロを目指す児童文学講座」で、真っ先に申し込んできたのが雛子だった。

講義は前期と後期に分かれており、月に一度の割合で開催される。講座を通して講師と生徒の関係になった雛子とは、普段大学で顔を合わせれば話すようになった。

彼女の直属の上司にあたる女性課長から聞かされた事には、雛子は地元の大学を出たのちに上京し、東伯大学事務局の職を得たらしい。

住まいは大学からさほど遠くないアパートで、両親とは縁が薄く育ててくれた祖父母はすでに鬼籍に入っているという。そして、仕事をこなしながら自宅でコツコツと児童向けの文学作品を書き進めていたようだ。

「君は、将来児童文学作家になりたいのかな？」

将司がそう訊ねた時、雛子は遠慮がちに頷いて、にっこりと微笑んだ。その時の顔は今でもはっきりと覚えているし、講義を受けている時の真剣な表情も記憶の中にしっかりと刻まれている。

（今思えば、雛子を見るたびに少しずつ惹かれていたんだろうな）

そうでなければ、今こうして雛子と夫婦になり、同じ屋根の下で暮らしてはいないはずだ。それが証拠に、結婚以来自分の中で雛子への想いが、どんどん加速しているのを感じている。

今になってそうと自覚するとは、自分はどれほど恋愛に疎い朴念仁なのだろう！

思いがけず雛子と一夜をともにし、それをきっかけに彼女と夫婦になった。

当然ながら、後悔などしていないし、あの夜思いきった行動に出た自分は称賛に値する。

雛子は忙しいが空虚だった生活を明るくし、ただ職場と家を行き来するだけだった毎日に張りをもたらしてくれた。

彼女は、自分にとって太陽のような存在だ。

雛子とともに暮らすようになってからというもの、庭には季節の花が咲き乱れ、使われないまま放置されていた部屋にも光と風が入るようになった。

小さい頃から家の手伝いをしていたという雛子は、思いのほか生活能力が高く、家事全般はもとより、ちょっとした大工仕事もさらりとやってのける。

それに比べて、自分はまるで生活能力のない都会のおぼっちゃまだ。

雛子は将司が苦手とするパソコンやスマートフォンを器用に使いこなし、仕事の手伝いをしてくれる。忌まわしい虫が出てもまったく動じず、素早く摘まんで庭に放つ姿には拍手喝采したいくらいだ。

もはや、将司の生活は雛子がいなければ立ち行かず、彼女の助けがあるおかげで心身ともに余裕ある生活を送る事ができている。

むろん、それらがなくても雛子への愛情は深くなる一方で、今はもう彼女がいない生活など考えられないほどだ。

雛子がいるだけで、灰色だった人生に光が差し、色を取り戻したような気分だ。

だが、果たして彼女はどうだろう？

元気で明るい性格の雛子は、いつも笑顔を振りまいて周りを明るくする。

けれど、夫婦になって一年経った今でも、妻としての彼女は常にどこか遠慮がちだ。

雛子と結婚したのを機に、彼女は大学を退職して家庭に入った。

それと同時に「プロを目指す児童文学講座」の受講をやめたが、もしかすると未だに生徒だった頃の関係性から抜けきれていないのだろうか？

もしくは、雛子にそうさせてしまう要因が自分にあるのかもしれない。

（雛子とは年が離れているし、知らないうちにやりづらさを感じさせているのかもしれないな。そもそも、雛子が僕に告白して帰らないでと言ったのも、酔った上での事だったんだし……）

もしかすると、あれはアルコールに飲まれて言った戯言だったのかもしれない。

仮にそうであれば、この結婚は彼女の本意ではないという事になる。

日頃から大勢の学生たちと接している将司は、彼らの意思や考え方を理解しようと努めてきた。

だが、いざ自分よりも十歳以上若い雛子と結ばれた途端、彼女の気持ちを考える間もなく求婚して、その数日後には婚姻届けを提出した。

周りが驚くほどのスピード婚だったし、振り返ってみれば我ながらどうしてそんなに急いでいたのだろうと首を傾げたくなる。

（いや、理由はわかっている。僕は雛子と一分一秒でも早く夫婦になりたかった。そ

れに、時間をかけているうちに彼女の気が変わるんじゃないかと思ったからだ）
そう思うほどに、当時の雛子は終始戸惑いの表情を見せていた。
彼女がプロポーズを受けたのは、強引なアプローチに屈したからだったとしたら？
そうでなくても、実際のところ雛子にとってこの結婚にメリットはあるだろうか？
まだ若くはつらつとした雛子には、自分よりももっとふさわしい男性がいたのではは？

そんなふうに考えては思い悩んでいる自分を、心底不甲斐なく思う。

夫婦になったからには、雛子を心から大切にし、愛情を注ぐだけだ。

そして、できる事なら彼女との間に子供をもうけたい。

わけあって前の結婚では、子供を持つ事を諦めた。けれど、将司は元来子供好きだし、雛子との子供なら何人でもほしいと思っている。

だが、これればかりは自分の一存で決められるような事ではなく、はじめての夜のように半ば強引に事を進めるわけにもいかなかった。

しかも、どうやら雛子は子供については消極的であるようで、以前そんな話題を出そうとした時に、それとなくはぐらかされてしまった事がある。

（やはり、この結婚は雛子の本意ではなかったのか……？　いや、今さらごちゃごち

ゃと考えても始まらない）

将司は掛けていた眼鏡を取り、目の間を指で軽く摘まんでマッサージをした。

どうであれ、そろそろいろいろな事をはっきりとさせるべきだ。そのためにも、今後は雛子に対してもっと正直な気持ちを伝えられるよう努力しなければならない。

そうすれば、おのずと彼女の胸の内もわかってくるはずだ。

将司はそう決断を下すと、雛子にどう気持ちを伝えたらいいか考えを巡らせ始めるのだった。

◇　◇

夏が終わり、毎年恒例の商店街秋祭りの時期がやってきた。

一ツ橋商店は商店街の振興組合のメンバーであり、雛子は万里子に頼まれてスタッフの一人として準備などに携わっている。

祭りは今度の土日に行われる予定で、当日の商店街は各種イベントが目白押しだ。

中でも例年長蛇の列ができるのは、近隣の神社に祀られている歴史上の偉人とのふれあいコーナーだった。そこはスタンプラリーとも連動しており、希望すれば偉人とのツーショット写真も撮れる。

偉人役をするのは、商店街でヘアサロンを営んでいる男性だ。振興組合のメンバーの中で唯一三十代の彼は、毎年コスプレ衣装を着て、やってくる人たちを待ち構える。

けれど、ついこの間遊びに行った先で足の骨を折り、偉人役ができなくなってしまった。代役を立てるにも、ほかのメンバーは皆彼よりもはるかに年上で、偉人役をするにはかなり無理がある。

一時は今年のみ中止にしようという案も出ていたが、商店街の重鎮の一人でもある万里子が出した案が賛同を得て、例年どおり開催される事になった。

そして、やってきた祭り当日。

雛子はスタッフとして商店街を走り回り、急遽担当する事になった偉人とのふれあいコーナーの設営を完了させた。

「将司さん、忙しいのに本当にごめんなさい」

「雛子が謝る事はない。やるからには、精一杯務めさせてもらうよ」

万里子が出した案とは、将司を代役に立てるというものだった。子供の頃から商店街に顔を出している彼は、当然店主たちとも顔見知りだ。

成長するとともにめったに行く事はなくなったが、結婚してからは雛子を通してまた新たに繋がりができている。

万里子から頼まれた雛子は、ダメもとで将司に祭りの件を話した。すると、彼は妻の頼みならと快く承諾し、休みの日にもかかわらず祭りを盛り上げようとしてくれているのだ。

将司は江戸時代後期に生きる武士のいでたちで、腰には小太刀を携えている。

その姿は思いのほか勇ましく、我が夫ながら言葉に尽くせないほどの美男だ。スタッフはもとより、早めに様子を見にやってきた来場者たちも一様に目を瞠り、将司の雄姿に見惚れている。

せっかく引き受けてくれたのだからと、万里子に相談してレンタルする衣装やカツラのグレードを上げたのもよかった。まるで本物の武士そのものだし、文句の付けようがないくらいかっこいい。

商店街の入り口で樽酒の鏡を開き、いよいよ祭りがスタートした。

将司が所定の位置に着き、やってきた人たちの応対をする。彼の提案と声掛けにより、偉人関連の人物という事で彼のほかに学生が二名コスプレをして脇を固めてくれている。

さらに、祭りに将司が出ると聞き付けた同僚たちの協力もあり、今年の祭り会場は予想以上の盛り上がりだ。

雛子は万里子とともに、将司がいる場所から少し離れた位置で彼を見守っている。

「将司君に頼んでよかったわぁ。かっこいいし頼りになるし、これは二度惚れしちゃうわねぇ、雛子ちゃん」

「はい」

雛子がしみじみと頷くと、万里子がおかしそうに笑う。彼女に言われるまでもなく、雛子の恋心は加速する一方だ。

（将司さん、笑顔で頑張ってくれてるなぁ）

彼は、やってくる子供たちと写真を撮ったり、何かしら話し込んだりしている。

そんな姿を見ると、将司がさほど子供を好きではないという事実が嘘のようだ。

優しく真面目な彼の事だから、きっと自分の気持ちを抑えて、歴史上の人物になりきってくれているのだろう。

将司のみならず、横にいるコスプレをした学生二名も涼やかな美男だ。例年子供たちで賑わう偉人とのふれあいコーナーだが、今年は若い女性たちも大勢列に並んでいる。

間に何度か休憩を取りながら、将司をはじめとする学校関係者は自分たちの役割をきちんとやり遂げてくれた。

「ほら、せっかくだから雛子ちゃんも旦那さまとのツーショット写真を撮りなさいよ」

万里子に背中を押され、雛子は座っていた席から立ち上がった。

本当は、いの一番に将司と写真を撮りたかった。けれど、祭りは思いのほか大盛況で、さすがにそれはできないだろうと諦めていたのだ。

雛子は気を利かせてくれた万里子に感謝しながら、彼の横に立った。

「将司さん、お疲れさまでした。あの……私とも写真を撮ってくれませんか？」

「もちろん、いいよ。僕も雛子と撮りたいと思っていたところだ」

カメラマン役を務めてくれている商店街の写真館店主が、二人にもっとくっつくよう指示を出してくる。

椅子に座っている将司が、雛子の腰に手を回した。彼が雛子の身体を自分のほうに引き寄せる。それと同時に、雛子も将司のほうに身体を傾けるようにして寄り添った。

「ああ、いい写真が撮れたぞ～！　これ、うちの写真館のショウウインドウに飾らせてもらうよ」

店主が言い、デジタルカメラの液晶モニターを見せてくれた。そこには、微笑んで互いに身を寄せる夫婦が映っている。

「本当だ。すごくいい写真ですね」

将司が言い、家に飾れるよう写真をパネル加工してもらえないかと店主に頼んでいる。出来上がりは来週であるらしく、雛子がアルバイトのついでに仕上がったパネルを取りに行く事になった。そのついでに、祭りで撮った写真を見せてもらって、将司が映っているものを、すべてプリントしてくれるよう依頼する。

急に決まった事でもあり、二人は婚姻届けを出したものの、結婚式は挙げていない。いつか行こうと約束はしているが、新婚旅行もまだだ。そんな事もあり、夫婦揃っての写真はほんの数枚だけだし、将司単体の写真もしかりだった。

将司が出張でいない時でも、写真があれば何かと心強い。それに、実物を目の当たりにするよりも、じっくりと愛でられる。

「どうした？　やけにニコニコしてるね」

一人でニヤついているのを、将司に見咎められてしまった。ちょっとバツが悪いけれど、嬉しさは隠しきれない。

「はい。今日はいい一日だなと思って」

雛子がにこやかに微笑むと、将司も同じように笑みを浮かべた。

むろん、いい一日なのは、今日に限った事ではない。

雛子は幕末を生きた偉人姿の夫を見つめながら、この先何度生まれ変わる事があっても、彼の妻でいられるようにと心から願うのだった。


秋も深くなり、春に庭の隅に植え付けたチョコレートコスモスもたくさんの蕾をつけ始めている。

「もうじき咲きそうだな」

夫婦が住む家は、とにかく庭が広い。中でもリビングルームに面した縁側から見える庭は、まるで高級旅館のような佇まいだ。

家の門塀から玄関に続くアプローチには川砂利が敷き詰められており、そこに置かれた天然の御影石が飛石の役割を果たしている。

雛子がここに来る前は、そこに植物は植えられていなかった。だが、せっかくのスペースを活かそうと、将司の許可を得てちょっとした花壇を増設した。

植えたのは、チョコレートコスモスのほかに、斑入りのカラーリーフとビオラなど。日当たりがよく次々に咲いてくれるから、毎日水をやったり花がらを摘んだりするのに大忙しだ。

「上手く育ってるね」

雛子が花壇の前でしゃがんで土いじりをしていると、背後から将司に声を掛けられた。振り返ると、太陽を背にした彼が、にっこりと微笑みを浮かべている。

土曜日の今日、将司は午前中だけ大学で仕事をして、二時間ほど前に帰宅して一緒に昼食の食卓を囲んだ。

「はい。ここは風通しがいいから、害虫もあまりいなくて助かります」

「そうか。それはよかった」

庭は緑でいっぱいだが、都会育ちの将司は、あまり虫が得意ではない。

それでも、庭先で蝶々やテントウムシと戯れる雛子を見て、いくらか親しみを持てるようになっている様子だ。

「雨が降りそうだし、中に入ってコーヒーでも飲まないか？」

将司がそう言いながら腰を折り、チョコレートコスモスの花びらに触れた。

名前のとおりシックで落ち着いた色合いの花を愛でる夫は、ものすごく絵になる。

うっかり見惚れそうになりながら、雛子は「はい」と返事をして切り花にしたチョコレートコスモスを持って立ち上がった。

「今日のコーヒーは、どっちが淹れる？」

「今日は私が淹れます。将司さんは、コスモスを花瓶に活けてもらえますか?」

「ああ、いいよ」

雛子と結婚する前は一人暮らしをしていた将司だが、彼はほとんど家事ができない。それは決して怠慢だからではなく、ただ単に不器用だからだ。そうでなくても日々忙しく、家事をする暇などなかったせいもあるのだろう。

それでも、結婚以来、彼は率先して家事を手伝おうとしてくれており、出来栄えはさておき、その気持ちだけで嬉しくて胸がいっぱいになる。

その一環なのか、コーヒーだけは自分一人で淹れられるようになった将司は、この頃では頻繁にお茶に誘ってくれるようになった。

結婚二年目にして、ようやく少しずつ夫婦らしくなってきたような気がして、雛子は将司に誘われるたびに二つ返事で応じる。

将司とともに家の中に入り、洗面所で手を洗ったあとでキッチンに行ってお湯を沸かす。モダンにリフォームされたそこは、アイランド型になっており、ちょっとしたパーティが開けるほど広い。

調理台の近くには、円形のダイニングテーブルが置かれている。結婚後に新しく買ったそれは、さほど大きくはない。けれど、その分向かい合わせに座っても距離が近いし、二人分の料理を並べるにはちょうどいい大きさだ。

コーヒーを淹れ終わり、ダイニングテーブルに二人分のカップを並べる。

そうしている間に、将司がチョコレートコスモスを花瓶に活けてダイニングテーブルの上に置いてくれていた。

細長い花瓶に活けられたチョコレートコスモスが、いい感じに枝を伸ばしている。

「上手に活けられましたね」

「本当か？」

「はい。枝の長さや、広がった感じがちょうどいいです」

雛子が褒めると、将司が嬉しそうに口元を綻ばせた。今日の彼は何でもない白のコットンシャツに、ベージュのチノパンを合わせている。

そんな何気ない格好が、たまらなくかっこいい。

大学ではいつも金属製で焦げ茶色の縁の眼鏡を愛用している将司だが、休日である今日は縁が黒でレンズに少し丸みのあるものをかけている。

（どの眼鏡も似合うけど、今掛けているのは雰囲気が柔らかくて大好き）

雛子は、夫を見て密かに心を躍らせた。

こんな事は日常茶飯事であり、将司といる時に感じる胸のドキドキはもはやルーチン化している。だからといって慣れるようなものでもなく、雛子は日々新しい気持ちで彼に恋をしていた。将司の立ち居振る舞いには育ちのよさが出ており、ひとつひとつの動作は優雅と言ってもいいほどだ。

（ああもう、本当に素敵……！）

席に着いた将司の手元を見ると、彼がいつも持ち歩いている手帳が置かれていた。A5サイズのそれは将司が長年愛用しているもので、濃緑色のカバーは上質なヌメ皮製だ。

元来アナログ派の彼は、スケジュールや重要案件の管理もすべて手帳で行っていた。業務上の必要に迫られて、最低限のパソコンの操作はするが、それ以外の事はできない。当然、翻訳の仕事も手書きだし、そのせいで繁忙期は夜中まで書斎にこもって仕事をしていた。

それでは、いつか身体を壊してしまう。

将司の健康を心配した雛子は、結婚以来彼の秘書のような役割を果たしている。

彼が翻訳したものをデータとして入力したり、書き上げた論文をきちんとまとめたりする作業は苦ではないし、むしろ楽しくて文章を書く上での勉強にもなる。

総じて、雛子は将司のために何かをするのが嬉しくてたまらない。デスクワークには慣れているし、少しでも彼が楽になるなら、何でもやる覚悟だ。

何かと忙しい彼だが、自分でも健康に気を付けており、週に二度はスポーツクラブに通って汗を流している。そのおかげか、身体能力は高く、鍛えているおかげもあって全身の筋肉は引き締まっていた。

（それに引き換え、私ったら相変わらずのちょいポチャだよね）

別に太っているわけではないが、昔から寸胴でボディラインにメリハリがない。

日常的に運動をしているわけではないが、忙しくしているのが好きだし、いつも何かしらの用事でちょこまかと動いている。日々消費するカロリーも、決して少なくないはずだ。

それなのに今の体型から脱せられないのは、なぜだろう？

やはり、運動量が足りていないせいだろうか？

それプラス、摂取するカロリーが多いせいかもしれない。

そう考えて、この頃では毎朝のコーヒーに入れる砂糖とミルクは量を控え、トーストに塗るジャムも少なめにしている。その反動なのか、つい甘いものがほしくなっておやつの量が増えてしまう事があった。

それでは、元も子もない。

反省した雛子は、ここのところ意識して歩くようにしており、一ツ橋商店に行くにも少し遠回りをしている。

しかし、なかなか成果は出ず、それが最近のちょっとした悩みだった。

「将司さん。翻訳の進み具合は、どうですか？　昨日も夜遅くまで起きていたみたいですね」

「うん。つい時間を忘れて没頭してしまってね。もしかして、寝ているのを起こしてしまったかな？」

「いいえ。私も昨夜は本を読んで、少しだけ夜更かしをしたんです」

雛子は一度寝入ると、めったな事では起きない。寝付きもよく、ベッドに入れば十分も経たないうちに寝てしまう。

結婚当初は、書斎にいる将司を待って起きていた事もあった。けれど、横になるとすぐに目蓋が重くなり、気が付けば朝を迎えているのだ。

「今は、どんな本を読んでいるんだ？」

将司に訊ねられて、雛子はフランスの作家が書いた児童向けのミステリー作品の題名を言った。

「もう何度も読み返しているのに、毎回面白くてついページを繰る指が止まらなくなっちゃうんです」

「確かにあれは面白いし、世界的な名作だからね」

雛子は読書家で、種類を問わず何でも読む。本に関しては電子よりも紙が好みだが、アパートに住んでいた時は部屋も狭く、本を置く場所は限られていた。けれど、今は自分の部屋があるし、将司の書斎は興味深い本だらけだ。彼は好きに読んでいいと言ってくれているし、自宅での読書タイムは雛子にとって至福の時間だった。

「これ、帰るついでに買って来たんだが――」

将司が手に持っていた四角い箱を、ダイニングテーブルの上に置いた。箱には、先日グルメ番組で紹介されていたスイーツ店のロゴが印刷されている。開けてみると大人気だというタルトが入っていた。

「わぁ、美味しそう！」

思わず大声を張り上げてしまい、ハッとして口を噤む。

さすがに声が大きすぎたし、何よりはしたない。

雛子は恥じ入って肩を縮こめたが、将司は特に気にする様子もなくとりわけ用の皿にタルトを盛り付けている。

「さあ、召し上がれ。どれでも好きなのを取っていいよ」

タルトは四種類あり、雛子はその中からイチジクとベリーが載っているのを選んだ。

「いただきます」を言って切り分けたものを口に入れると、美味しさのあまり目がまん丸になった。

「甘酸っぱくて、美味しい～！　プチプチした触感も、すっごく楽しいです。これ、ぜったいに食べたほうがいいですよ。ほら、将司さんも――」

つい興奮して、気が付けば使っているフォークにタルトを載せて将司に差し出していた。

使いかけのフォークで食べかけのタルトを勧めるなんて……！

馴れ馴れしい上に、切り分けたひと口が大きすぎる！

夫婦とはいえ、普段こんな事などした事がないし、いきなりの行動に将司も戸惑っている様子だ。

「ご、ごめんなさい！」

雛子は、あわててフォークを引っ込めようとした。けれど、将司が動くのがそれよりも早かった。彼の手が雛子の手首を掴み、それをゆっくりと自分のほうに引き寄せる。視線がぶつかり、刹那見つめ合った。

将司の表情がいつになく強張っているような気がして、雛子はどうしていいかわからなくなる。

「あ……あの……」

雛子が口を開いた時、将司が大口を開けてタルトに食らいついた。そして、それをもぐもぐと咀嚼して、ごくりと飲み込む。

「うん、美味しいな。確かにこれはぜったいに食べたほうがいいやつだ」

将司が微笑み、雛子の手を離した。

彼は自分の皿の上からタルトを切り分けると、雛子の口元にそれを差し出してきた。

「これもなかなか美味しいぞ。雛子もひと口……ほら、あーんして」

「え？　あ……あーん」

まさかのやり取りに驚きつつも、雛子は言われるがままに大きく口を開けた。

将司がくれたのは、マスカットとチーズのタルトだ。

甘くジューシーなマスカットと、しっとりと滑らかなチーズが絶妙で、こちらも同じくらい美味しい。

「うまっ！」

つい、そんなふうに言ってしまい、あわてて掌で口を押さえた。

由緒正しい良家の一員になった雛子は、結婚以来言動には気を付けるよう心掛けている。それなのに、うっかり庶民丸出しの砕けた言い方をしてしまった。

ただでさえ心拍数が上がっているのに、いったい何をしているのやら……。

雛子が眉を八の字にして黙っていると、将司がふいに声を上げて笑い出した。

「確かに美味いな。小さいからまだ食べられるだろう？　残りのふたつも半分こしよう」

将司が笑ってくれたおかげで、いくぶん緊張が解けて気持ちが楽になった。優しい彼の事だから、あえて妻の失態を笑い飛ばしてくれたに違いない。

雛子は将司の気遣いに感謝しながら、にっこりと笑った。

「はい、そうしましょう」

タルトはミニサイズで、四つ分でも難なく食べられそうだ。

せっかく彼が買ってきてくれたものだから、今だけはカロリーを気にせずに美味しくいただこう！

雛子が頷くと、将司がさっそく残りのふたつを半分に分けてくれた。

「こっちが栗とサツマイモ。こっちは柿とチョコレートのタルトだ」

秋色のタルトは、どちらも艶やかで見ただけで美味しいとわかる。

雛子は、自分の皿に載ったそれをフォークでひと口大に切り分けようとした。

ふと前を見ると、将司が半分にしたタルトを指で摘まみ上げている。

「いちいち切り分けるより、かぶりついたほうが早い。それに、このほうが美味しく食べられそうだ」

将司が栗とサツマイモのタルトに直に齧り付く。

案の定、生地がポロポロと皿に落ちて、口の端にクリームがついている。

「ふふっ。将司さん、口にクリームがついてますよ」

雛子が自分の口でクリームがついている場所を示すと、将司がそれとは反対側の唇を舐めた。

「あ……そっちじゃなくて、こっちです」

将司の舌が再度上唇をなぞるも、クリームがついているのはそこではない。再度場所を教えるが、舌先はクリームに届かずじまいだ。それはともかく、その仕草が思いのほかセクシーで、いつも以上に胸が高鳴ってしまう。

「こっち？」

「はい。でも、もうちょっと上です」

あと少しで舌がクリームに届きそう——。そう思った時、将司がおもむろに椅子から腰を上げて、雛子のほうに顔を近づけてきた。

「雛子、取ってくれないか？」

「え？　は、はいっ」

雛子は即座に立ち上がり、ダイニングテーブル越しに将司のほうに身を乗り出した。

彼が雛子を見つめたまま、さらに顔を近づける。

ダイニングテーブルを挟んで顔を近づけ合った二人だが、立っている雛子のほうが座っている将司よりも目の位置が高い。そのせいで、彼に上目遣いで見つめられているような格好になる。

はじめてのアングルに心臓が跳ね上がり、自然と呼吸が荒くなった。興奮して、鼻孔がピクピクと震えるのがわかる。

雛子は、それを誤魔化そうとして、きつく口を閉じて鼻から息を吸い込んだ。

（えっ……？）

その途端、自分を見る将司の目に驚きの色が浮かぶ。

ハッとして自分を顧みると、閉じた口が前に突き出ており、まるでキスを催促しているみたいな顔になっている。

将司の表情を見て、彼もそれに気づいているのがわかった。

「ち、違っ……」

雛子は、首を振って誤解を解こうとした。

けれど、ふいに伸びてきた将司の手にうなじを引き寄せられてしまう。気が付けば二人の唇が重なっており、眼鏡越しに将司と見つめ合っていた。

「ん、んっ――」

テーブルに着いていた手が震え、突っ張っていた肘が折れる。あやうくタルトの上に突っ伏してしまいそうになったが、すんでのところで将司の手に支えられた。

唇を合わせたまま近寄って来た彼に抱き寄せられ、立ったままの状態でキスが続く。

身長差があるから、将司は膝を折ってかがみ込むような姿勢を取っている。

片や雛子は丸太のように棒立ちになり、ピクリとも動けずにいた。

(キ……キス……。私、将司さんとキス、してるっ……)

夫婦なのだから、キスなんて当たり前――。

そうであっても、結婚以来一度もベッドをともにした事がない二人は、キスをするのも忘年会の夜以来だ。しかも、あの時はアルコールが入っていたし、何もかもはじめてで、とにかく無我夢中だった。

夫婦になってからも、ずっと将司に恋焦がれ、日々ともに暮らしていても未だに照れて、目を合わせるだけでも赤くなる雛子だ。それなのに、今こうして間近で見つめ合ったまま唇を合わせている。

「雛子っ」

将司に名前を呼ばれた時には、自分でも気づかないうちに腰が抜けたようになって彼に身体を支えられていた。そのまま横抱きにされて、隣の部屋にあるソファまで連れて行ってもらう。そこは和洋折衷のミックススタイルになっており、フローリングの床の上にアイボリー色の絨毯が敷かれている。

思えば、はじめてお姫さま抱っこをされたのも、忘年会の夜だった。

その時の記憶が蘇り、雛子は我知らず頬を赤く染めた。

「すまない。驚かせてしまったようだね」

雛子を抱きかかえたままの将司が、ソファの真ん中に腰を下ろした。

雛子は微かに首を横に振り、顔を上げて将司を見た。彼は妻の顔を覗き込むようにして、気づかわし気な表情を浮かべている。

「いえ……大丈夫です」

出した声が小さすぎて、まるで独り言みたいになった。けれど、将司はちゃんと聞き取ってくれたようで、ホッとしたような顔で微笑みを浮かべている。

ものすごくドキドキするけれど、こんなにも将司のそばにいられる事が嬉しくて仕方がない。結婚以来、ずっとこんなふうに彼を身近に感じたいと思っていた。

告白はしたけれど、結婚してからはきちんと将司に想いを伝えていない。

雛子は勇気を振り絞り、まっすぐに将司の目を見つめた。

「確かに驚きましたけど、謝られるような事じゃありません。そ……それに、とても嬉しかったです。私、将司さんの事が大好きで……。だから、ずっとこんなふうになれたらなって――んっ……」

話している途中で唇を重ねられ、抱きしめてくる腕に力がこもるのがわかった。

心臓が早鐘を打ち、息をするのも忘れそうになる。

それがわかったのか、時折唇が離れ、呼吸を促すようにじっと目を見つめられた。

雛子はそのたびに大急ぎで息を吸い込み、乱れがちな呼吸を整えようと必死になる。

将司ともっとキスをしたいし、彼から離れたくない。

そう思う気持ちが、気づかないうちに雛子の唇を不自然にとがらせていた。二度までもキスをほしがるような顔をしてしまうなんて、恥ずかしさの極みだ。

けれど、さっきからずっと目が合っている将司の顔には、とろけるような笑みが浮かんでいる。

「雛子……。今の言葉は本当か？　君は、僕の事を好きでいてくれるんだね？」

「もちろんです！」

将司に訊ねられて、雛子は勇んで返事をして首を縦に振った。すると、将司の浮かんだ笑みが顔中に広がり、笑った口元のまま唇にキスをされる。

瞬きをする目蓋の向こうに、将司の微笑んだ顔がある。

将司が雛子の額に掛かる髪の毛を、指先で丁寧に払いのけた。嬉しさに胸を詰まらせていると、将司がおもむろに眼鏡を外して、ソファの肘掛けの上に置いた。彼は普段ずっと眼鏡をかけている。だから、今の将司はレア中のレアだ。

（かぁっこいい……）

思わず心の中でそう呟き、彼の端正な顔にうっとりと見とれた。呆けて半開きになっている唇に、またキスが戻って来る。

眼鏡がない今、二人の距離はさらに縮まり、互いの睫毛が触れ合うほど近い。徐々にキスも深くなり、喘ぐ雛子の口の中に将司の温かな舌が、そっと忍び込んできた。

離れては重なってくる唇にほだされ、身体から力が抜け落ちる。脳みそまでふやけたようになり、雛子は将司の腕にぐったりと全身を預けた。

しかし、こうして二人きりでじっくりと話す機会が、やって来たのだ。

今こそ、これまでずっと胸の中に抱え続けていた自分たちの結婚にまつわる話を持ち出すべき時だった。

しかし、何と言って切り出そうか？

これまでに、何度も話そうと思い、事前練習を繰り返してきたが、いざその時になると動揺して頭の中が真っ白になってしまう。

下手をしたら、将司に嫌われてしまうかもしれない……。

いや、そもそも自分は将司から想われているわけではなく、一夜をともにした責任を取る形で結婚してもらったにすぎないのだ。しかも、そうなるきっかけは、雛子と将司が結ばれる事を願うサポートチームが作った。

最悪、事の真相を聞いた将司に呆れられ、即離婚されてしまう可能性だってある。

そこまで考えた雛子は、急に話すのがとんでもなく恐ろしくなった。けれど、このままではいられないし、将司とこれからもずっとともに暮らしていこうと思うのなら、すべてを正直に伝えるべきだ。

そうでなければ、胸のつかえは取れないままになるし、何より彼に隠し事をしたままになってしまう。

「震えているね。……どうした？　何か怖い事でもあるのか？」

将司が心配そうな表情で、雛子の顔を覗き込んでくる。

「私……。私……」

話そうとするのに、どうしても言葉が出ない。

思いつめた顔をする雛子を見て、将司が身体を包み込むように抱き寄せてくれた。

彼の優しさとぬくもりが、ひしひしと伝わってくる。

雛子は思い余って将司の背中に腕を回し、力の限り彼にしがみついた。将司はおびえる雛子に囁きかけ、背中を優しく撫でてくれた。

「よしよし、僕がいるから大丈夫だ。……忘年会の夜と同じだな。あの時の雛子も、今と同じように必死に僕に縋り付いてきたね」

穏やかな声と背中を撫でる大きな手を感じて、雛子は少しずつ落ち着きを取り戻していく。雛子が首を縦に振ると、将司が頷き返しながら頭のてっぺんにキスをしてきた。

「忘年会の夜の事は、今でもよく覚えているよ。あの時、本当は雛子を寝かし付けてすぐに帰るつもりだった。だが、どうしてもそうできなかった」

「あの時、私が『帰らないでください』ってお願いしたんですよね」

「そうだったね」

将司が、過去を振り返るような表情を浮かべる。

雛子は将司にしがみ付く手の力を緩めた。

意図せずして水を向けてくれた彼に、雛子は心の中で感謝する。同時に、すべてを打ち明ける覚悟を決めると、将司の目をまっすぐに見つめた。

「あの夜について――いいえ、それまでの事についても、私、将司さんに言わなければいけない事があるんです」

雛子は、順を追って将司に事のあらましを話し始める。

忘年会の夜に雛子が将司の隣の席に着いたのは、講座の古参生徒の四人が仕組んだ事。雛子が飲みすぎて酔った挙句、彼に送ってもらうよう仕向けたのも意図的なものであった事などなど――。

つまり、すべては将司と雛子をくっつけようとする策略だった事を、何度か口ごもり、つっかえながらも包み隠さず打ち明けた。

思うようにしゃべれなかったけれど、言いたい事はすべて伝わったと思う。

雛子は話しながら項垂れていた顔を上げて、ためらいがちに口を開いた。

「そういうわけで、私が忘年会で将司さんの隣の席に着いたのも、飲みすぎて将司さんに送ってもらったのも、ぜんぶサポートチームが仕組んだ事だったんです。つまり、偶然とか必然じゃなくて、そうなるように誘導されたせいで、将司さんは私と結婚する羽目になってしまったんです」

ついに、言ってしまった――。

背中を支えてくれている将司の腕に、緊張が走ったのがわかる。怒られて当然だし、離婚を迫られても文句は言えない。

雛子は再度下を向き、将司から非難される事を覚悟して身を固くした。

「だますような事をして、本当にすみませんでした。でも、皆私のためを思ってしてくれた事なんです。悪気なんかまったくなかったし、ただ私の幸せを願ってしてくれた事だったんです」

言うべき事をすべて言い終えて、雛子は神妙な面持ちでかしこまった。未だに将司の膝の上にいるから、かなり妙な感じだ。

けれど、降りようにも身体をしっかりと抱き込まれているし、何より雛子自身が離れ難くて身動きが取れずにいる。

「なるほど……すべて理解したよ。だが、僕が雛子と結婚したのは、仕組まれて誘導されたからじゃない。それだけは、ぜったいに違う」

思いがけない言葉に、雛子は顔を上げて将司を見た。彼はと言えば、何かしら思いつめたような表情を浮かべている。

「僕は『帰らないでください』と言われる前から、雛子から離れ難く思っていた。だから、もし雛子がそう言わなくても、僕はどうにかしてアパートに居残り続けていただろうな」

将司の手が雛子の後頭部を撫で、しっかりと目を合わせてくる。

「……えっ？」

あの夜は、てっきり自分のわがままが将司を引き留めたのだと思っていた。

けれど、今の彼の言葉が本当なら、そうではなかったという事になる。

まさか、そんな事があるだろうか？

雛子は目を瞬かせながら、将司の腕を掴んだ。

「ほ、ほんとですか？　私が無理に頼み込んだから、仕方なくわがままを聞いてくれたんじゃなくて？」

「ああ、本当だ。雛子の言葉が、背中を押してくれたのは確かだ。だが、僕は雛子をおぶってアパートに帰っている時から、雛子と一緒に夜を過ごしたいと思っていたんだ」

将司の言葉を聞くうちに、雛子の目から大粒の涙が零れ落ちた。

「私、てっきりそうだと――。将司さんは優しいから、きっと酔っぱらって大泣きしている私を放っておけなかったんだって……。それで、責任を感じて仕方なく私と結婚したんだって思ってました」

雛子がしゃくり上げながらそう言うと、将司が微笑みながら首を横に振ってそれを否定した。そして、涙に濡れる頬を掌で拭うと、両方の目蓋にそっと唇を寄せる。

「それは違う。僕は雛子と一生をともにしたいと思ったから、プロポーズをしたんだ。僕のほうこそ、雛子に引き留められたのをいい事に、アパートに居残って半ば強引に雛子を我がものにしたんじゃないかと――」

将司の顔に、不安げな表情が浮かんだ。

雛子はすぐさま首をぶんぶんと横に振り、彼の考えがまったくの間違いである事を示した。

「そ、そんな、強引にだなんて、ぜったいに違います！　そもそも、避妊具を出したのは私だったし――あっ」

雛子は、しまったとばかりに口を閉じて頬を赤らめる。将司の前で、事もあろうに避妊具なんて単語を口走るなんて……。

（私の、馬鹿！）

忘年会があった日、雛子は昼間会った講座のサポートチームから避妊具の小袋をいくつか手渡された。

『もしもの時、ないと困るから持ってなさいって』

いきなりそんなものを渡され、雛子は当然驚いて返そうとした。けれど、強引にバッグに入れられてしまい、そのままになっていたのだ。

将司に事情を聞かれて、雛子は恥じ入りながらも避妊具に関する事実をありのままに話した。

「そうだったのか……。避妊具の事に関しては、確かにちょっとおかしいとは思っていたんだ。だって、雛子は何もかもはじめてだっただろう？　それなのに、いくら何でも用意周到すぎると――」

「は、恥ずかしいから、もう言わないでくださいっ……！」

蚊の鳴くような声でそう言うと、将司が微笑んで自分の口の前に人差し指を立てた。

雛子はホッとして一息つくと、掌で火照る頬をパタパタと扇いだ。

将司がその手を掴み、掌に頬ずりをする。

「僕とした事が、雛子にいろいろと気を回させてしまっていたとは……。サポートチームの皆さんには、そのうちお礼をしなきゃならないな」

「そうですね。今度会った時にでも、話しておきます」

すでに将司の講座は終わっているし、雛子は結婚を機に受講をやめている。しかし、彼女たちとはまだ交流が続いており、互いに連絡を取り合う仲だ。

「本当は、僕が先に気持ちを伝えるべきだったのに、本当にすまない。雛子、僕は雛子を心から愛している。君は僕の一番大切な宝物だよ」

将司がきっぱりとそう言いきり、雛子の掌にキスをする。

「え……？」

思ってもみない言葉を掛けられ、雛子は大きく目を見開いて将司の顔を見つめた。

今のは、聞き間違いだろうか？

でも、もしそうでないとしたら？

「ま、将司さん、……い、今何て……？」

「雛子、僕は雛子を心から愛している。君は僕の一番大切な宝物だよ、と言ったんだよ」

将司が雛子の目を見つめながら、一言一句語りかけるように同じセリフを言ってくれた。

夫婦になったとはいえ、二人は恋愛をして結婚したわけではない。だから、てっきり好きなのは自分だけだと思っていたが、そうじゃなかった。

将司もちゃんと自分を好きになってくれており、一番大切な宝物とまで思ってくれていたのだ。

そうとわかって、雛子の心は喜びでいっぱいになる。

「雛子、これは二度目のプロポーズだ。僕は雛子を心から君を愛している。僕の一生をかけて君を愛し、守り抜くって約束するよ。だから、これからもずっと僕の妻でいてくれるか？」

将司の顔には、そうとはっきりわかるほど緊張の色が浮かんでいる。

いつも冷静沈着で焦る様子など見せない彼が、こんな顔をするだなんて……。

「は……はいっ！　私も将司さんを愛してます。どうか、ずっと妻としてそばにいさせてください。私も、一生をかけて将司さんを愛し、守り抜いてみせます……！」

「雛子……！」

どちらともなく唇を重ね合い、それまで以上にしっかりと抱き合う。今まで胸に抱え続けていたわだかまりが消え、心が晴れやかになった。

二人は顔を見合わせて出会った当初からの記憶を辿り、互いにこれまで聞けなかった質問をして驚いたり笑ったりする。

「私、将司さんに出会うまで、これほど人を好きになった事がなかったんです。つまり、将司さんは私の初恋の相手なんですよ」

だからこそ、ものすごく戸惑って、どうしていいかわからずに、サポートチームの面々にいろいろと話を聞いてもらった。そして、そうしているうちに、雛子の想い人が誰なのかがバレてしまったというわけだ。

「僕が雛子の初恋の相手？」

「そうですよ。私、初恋を実らせて将司さんと結婚したんです。これ以上幸せな事ってありませ――んっ……」

話の途中で唇を塞がれ、その先が言えなくなる。これまでにないほど激しいキスを浴びせられて、雛子は熱に浮かされたように目を閉じて将司のなすがままになった。

「雛子の初恋の相手が僕だったなんて、すごく嬉しいよ。ますます雛子を大切にしなきゃならないって思う。ありがとう、雛子。これからは、僕も、もっと自分の気持ちを雛子の伝えられるよう努力するって約束するよ」

「将司さん……。私もそうします。思った事、考えている事、ちゃんと言葉にして将司さんに伝えられるようにしますね」

将司が身体を傾けるようにして、雛子の顔を覗き込んできた。目が合い、そのままどちらからともなく唇を寄せ合ってもう一度キスをする。

まだ夕方前だし、そろそろ晩御飯の用意をする時間だ。けれど、将司の膝の上はとても居心地がいいし、もう少し今の時間を満喫したい。そう思っていると、将司がふいに咳払いをして雛子を膝に乗せたまま居住まいを正した。

「雛子。よければ、これから寝室に行かないか？」

「えっ？」

まさかの申し出に、雛子は仰天して大口を開けて目を丸くする。

「は、はい！　喜んで！」

答えた声が大きすぎた。

雛子が恥ずかしさに身を縮めると、将司が下を向いた額の生え際にチュッと音を立ててキスをする。

「いい返事だ」

いつになく朗らかな将司の声が、雛子の耳の奥でこだまする。

雛子は顔を上げてキスに応じると、愛する夫の腕に抱えられたまま夫婦の寝室へと向かっていくのだった。

第二章　冬の嵐

冬も本番を迎え、庭のクリスマスローズも可憐な花を咲かせ始めている。

ひと月ほど前に夫婦の想いが通じ合ってからというもの、二人の仲はすこぶる良好で、二年目にして新婚気分を満喫中といった感じだろうか。

将司の大学教授としての仕事は、相変わらず多忙だ。学生への指導は当然の事、先月までは自身の研究活動をする傍ら、某テレビ局から文学関連の番組を制作するにあたり、協力と監修業務をこなした。

それが一段落すると、今度は卒業論文の進捗状況が思わしくない学生のサポートで、連日残業が続いている。

雛子はといえば、以前同様将司のサポートをする傍ら、引き続き彼が機械音痴から脱却できるよう手助けをしていた。世の中はますますデジタル化する一方だし、自分のせいで人に迷惑をかけるのは本意ではない。そう言って、将司もいよいよ本格的に自身のアップデートを決意したのだ。

機械音痴の彼だが、パソコンなどの操作方法は一度覚えたら決して忘れない。

最初こそかなり苦労していたが、今では大学の講義にもパソコンを使うようになり、生徒からの反応も上々であるようだ。

「これも雛子のおかげだ。雛子がいなかったら、僕は今も手書きで資料を作り、学生たちに何十枚もの教材を配り続けていただろうな」

将司が笑い、軽く身震いをする。彼はいつも笑顔で穏やかな人だが、この頃ではそれにいくぶん朗らかさが加わったような気がする。

『宮寺教授って前よりもイケメンになりましたよね。このまま行くと確実にイケオジまっしぐらって感じで。やっぱり家庭が円満だからですかね？』

つい先日、秋祭りに参加してくれた彼の教え子が、一ツ橋商店に買い物に来た際、そんなふうに話していた。

もとから男女問わず学生には人気がある将司だが、結婚してからは理想の夫として女子生徒からの注目を集めているらしい。

『あんまりモテモテだと、何かと心配になっちゃうわねぇ』

万里子はからかい半分でそう言って笑うが、雛子は将司の女性関係については、これっぽっちも心配していない。

もちろん、ちょっとしたやきもちは焼いたりするが、彼は間違っても浮気などできるような人ではなかった。それは、妻である雛子はもとより、彼をよく知る人なら皆そう思うはずだ。

実際、出会った当初の将司は、左手の薬指には指輪をはめたままだった。

そのため、知らない人は彼に奥さんがいると思い込み、雛子自身もはじめはそう思っていたくらいだ。

(指輪を外さなかったのは、遥さんを大切に思っていた証拠なんだろうな)

将司は今も雛子が聞かなければ、亡妻の話をしない。けれど、話す時は言葉の端々に彼女への思いやりが感じられる。

気を遣ってくれているのか、結婚当初から遥の遺影は普段仏壇の引き出しの中だ。

それでも、将司は毎日仏壇に手を合わせており、彼女の存在は彼の生活の一部を占めている事は間違いない。

(もしかすると、将司さんの中には、今も遥さんが住み続けているのかも)

自分を愛していると言ってくれた彼の言葉を疑うつもりはない。

けれど、もし遙が今も生きていたら——。

ほんのたまにだが、そんなふうに考えてしまい、自分が嫌になる事がある。

過去があってこその今だし、自分と出会う前の将司が遥と愛し合ったのは事実だ。

（将司さんは私を好きでいてくれるし、今将司さんの妻なのは私。将司さんは私の夫で、私だけの将司さんだもの）

将司と想いが通じ合ってさほど日にちが経っていないのに、もう弱気になっている。くだらないやきもちだとわかっているが、それでもな思い悩む時があるのは、誰にも言えない自分だけの秘密だ。

今の時代、離婚や再婚は珍しくないし、現に夫婦の両親は、いずれも離婚したのちに別の人と再婚している。夫婦には二人にしかわからない事情があるし、ましてや将司は離婚ではなく死別だ。

それだけに想いは残るのは当然だし、雛子はそれを承知の上で彼と結婚した。せっかく夫婦仲が上手くいき始めている今、ぜったいに水を差すような事はしたくない。

（私ったら、結構嫉妬深くて面倒くさい女だったんだな。それ以前に、こんなにグズグズ考えるタイプだとは思わなかった……）

雛子はとりあえずそんな自分の気持ちに蓋をして、知らんぷりを決め込む事にした。

とにかく、将司にとっては愛される妻でいなければ。

嬉しい事に、仕事関連での雛子のサポートについては、将司も喜んでくれている。

今後も引き続き家庭環境を整え、彼が心から寛げる場を作っていくつもりだ。

「雛子、前に書き始めていた児童小説はどうなった？」

十二月半ばの週末、雛子が新しく買ったロボット掃除機の試運転をしていると、書斎から出てきた将司がそう訊ねてきた。

結婚を機に「プロを目指す児童文学講座」を受けるのをやめた雛子だが、それは夫婦になった以上受講を継続するわけにはいかなかったからだ。

当然、まだ夢を諦めたわけではない。

しかし、何だかんだと忙しく、ここのところ一行も物語を綴っていないのが現状だった。

「それが、まだ出来上がっていなくて……」

「そうか。もしかして、僕の仕事をサポートしているせいで筆が進まないんじゃないのか？　それとも、家事に時間を取られて腰を据えて書けないとか？　もしそうなら、一度ぜんぶ手放してみたらどうかな？」

「いいえ、将司さんの仕事のサポートも家事も、私の楽しみでもあるんです！　だから、なくなったら逆にストレスがたまって一行も書けなくなっちゃいますよ」

取り上げられてはたいへんだとばかりに、雛子は将司に駆け寄ってそう訴えかけた。

「それに、もうロボ君がいるし、掃除の手間はずいぶん省けます。その分、頑張って書きますから、心配ないですよ」

「ロボ君？」

「ほら、この子です。昨日、将司さんが買ってくれたロボット掃除機のロボ君。さっそく使ってみようと思って、今箱から出したばかりなんです」

雛子は、右手でロボット掃除機を示した。

それは昨日の土曜日に一緒に商店街を訪れた際に買い求めたもので、薄型だからソファやベッドの下などの狭いところも掃除できる優れものだ。

「ふっ……ロボ君か。いいネーミングだね」

将司に笑われ、雛子は心の中で幼稚な自分を叱り飛ばした。こっそり付けた名前だったのに、ついうっかりバラしてしまうとは……。

雛子が恥じ入って渋い顔をしていると、将司がかがみ込むようにしてその手の上にキスをした。

「家電も名前を付けると愛着が湧くね。じゃあ、とりあえずロボ君に頑張ってもらおう。だが、締め切りが近づいているし、今後、もし時間が足りないようなら、すぐに言ってくれ」

「はい、そうします」

将司の講座はプロの児童文学者の輩出を目指しており、生徒が書き上げた作品は各種文学賞に応募する事になっている。

雛子が今書き進めているものは、将司のアドバイスもあって、「カッコウ児童文学新人賞」に応募する予定だ。

主催者は「カッコウ出版」という主に児童文学や絵本を手掛けている中堅出版社で、大賞を受賞した作品は同社から出版が確約されている。募集内容は、小学校低学年から中学年向けの児童文学で、文字数は四百字詰め原稿用紙百枚程度に収めなければならない。

雛子が手掛けている物語は、人間と動物が力を合わせて冒険をする話だ。入念に構想を練って書き始めたはいいが、思いのほか手こずり、途中で頓挫して書き進められなくなった。必要文字数はさほど多くないし、締め切りは来月の二十日だ。

まだ時間はある。けれど、今の調子では間に合うかどうか微妙なところだった。

「さてと……仕事も一段落したし、コーヒーでも淹れるかな。雛子も飲むだろう？」

間近で訊ねられ、雛子は微笑んで頷く。

眼鏡の向こうに見える将司の目が優しい三日月形になった。

背を向けてキッチンに向かう彼を見送りながら、雛子は自分の額をコツンと拳骨で叩いた。

（将司さんに心配かけるなんて、私ったらダメだなぁ）

書きかけの原稿を思い浮かべながら、雛子は小さくため息をついた。

忙しい彼を思いやるべき自分が、逆に気遣われてしまった。

ロボ君の働きを見守りつつ猛省していると、キッチンから将司の声が聞こえてきた。

「雛子、コーヒーが入ったよ」

「はーい」

縁側を通り抜けて、いそいそと彼のもとへ向かう。キッチンに入ると、将司が二人分のコーヒーを淹れ終えて先にダイニングテーブルに着いている。

「ちょうどおやつの時間だし、チョコレートクッキーも食べますか？」

「いいね。いただくよ」

雛子は戸棚からチョコレートクッキーを取り出し、小皿に入れてテーブルの上に置いた。それは雛子が今朝作ったばかりのもので、将司の好みに合わせて甘さ控えめになっている。

彼の前の席に腰掛け、淹れたてのコーヒーをチョコレートクッキーとともにいただく。外はかなり気温が低いが、家の中は春のようにぽかぽかとして暖かい。

「ああ、美味しい……。やっぱり、将司さんの淹れてくれたコーヒーが一番です」

雛子と結婚する前の将司は、コーヒーすらまともに淹れる事ができなかった。

雛子は彼に乞われてペーパードリップ式のコーヒーの淹れ方をレクチャーした。

一定の時間をかけて湯を注ぐ淹れ方を気に入った将司は、何度となく練習をして今では雛子よりも上手にドリップできるようになっているのだ。

「そうか？　僕は雛子が淹れてくれたコーヒーのほうが美味しく感じるよ。このクッキーだって、甘さの中にもカカオの苦みがあって、僕好みだ。とても美味しいよ」

昔からよくお菓子を手作りしていた雛子だから、クッキーはさほど手間もかからない手軽なおやつだ。

しかし、一人暮らしをしている時は作っても食べるのは自分だけだったし、祖父母は洋風のお菓子はあまり好まなかった。

「これほど美味しいなら、知り合いや職場に分けても喜ばれるだろうに」

「大学の事務局にいた時は、おすそ分けしてましたよ。でも、手作りを受け付けない人もいるし、なかなか持っていきづらくて。だから、将司さんが美味しいって言って食べてくれるのが、すごく嬉しいです」

せっかく作ったのだから、やはり誰かに食べてもらいたいし、美味しいと言ってもらえたら無条件に嬉しい。

雛子がニコニコしていると、将司がおもむろに椅子から立ち上がった。彼は自分の椅子を持ち上げ、ダイニングテーブルの対面から雛子のすぐ隣まで移動してきた。

「前から思っていたんだが、向かい合わせに座るより、ここのほうが雛子に近い。そのほうが話しやすいし、今度から食事はこの形で取る事にしようと思うんだが」

将司がダイニングテーブルの角を挟んで、雛子の斜め前に椅子を据えた。

同意を求めるように見つめられ、雛子は頬を染めながら「はい」と言ってにっこりする。

「よかった」

確かに、このほうが彼との距離が近い。ちょっと手を伸ばせば手が届くし、身を寄せ合えば内緒話だってできる。

将司が自分のコーヒーとチョコレートクッキーを手元に引き寄せ、改めて椅子に腰を下ろした。

フロアの向こうにある窓から、陽光が降り注いでいる。それが将司の背後に降り注いでいる様は、まるで一枚の絵画のようだ。

雛子は食べかけのクッキーを持ったまま、目尻を下げて夫の姿に見入った。

すると、何を思ったか将司がゆっくりと顔を近づけてきて、微笑みながら唇を重ねてきた

（えっ……）

突然の事に驚きつつも、雛子は必死になって冷静を装い、彼からのキスを受け続けた。ものすごくドキドキするし、耳をすませば心臓の音が聞こえそうだ。

唇がジィンと熱くなり、頭がぽーっとする。同時に、唇を通して二人の想いがよりいっそう通じ合い、溶け合っていくみたいだった。

ほんのひと月前までは、キスどころか半径一メートルの距離に近づくのもまれだったのに――。

それが今では、こんなふうにキスをするのも日常的なものになり、肌が触れ合う距離にいるのが当たり前になっている。

「ふむ……今日の雛子の唇は、コーヒーとチョコレートクッキーの味がするね」

そう呟いた将司が、もう一度唇を合わせてくる。

一度目よりも長いキスに集中するあまり、持っていたチョコレートクッキーが皿の上に落ちた。その音を聞き付けた将司が、名残惜しそうにキスを終わらせる。

雛子はといえば、終わってもなおキスの余韻から抜け出せず、口を半開きにしたたま

ま固まってしまった。

「雛子は可愛いね。そんな顔をされると、もっと触れたくなってしまうよ」

将司の手が伸びてきて、雛子の頬と唇に触れた。

「将司さんこそ、紺色のセーター、すごく似合っててかっこいいです。将司さんって、センスいいですよね。まあ、かっこいいから何を着ても似合うっていうのもありますけど」

結婚して知ったのだが、彼には洋服を買う行きつけの店があり、クローゼットに入っているものは、ほとんどそこで買い求めたものであるらしい。そこは将司の親友がオーナーを務めるセレクトショップで、置かれている品はすべて厳選された高品質のものばかりだった。

雛子も何度か将司とともに店を訪れており、今日身に着けているのはオーナー夫人に見立ててもらったAラインのニットワンピースだ。

「褒めてくれて嬉しいよ。雛子も、そのワンピースがとても似合ってるよ。白くて柔らかそうだから、まるで世界一可愛い白兎みたいだ」

「ありがとうございます。……ふふっ。将司さんったら、褒めすぎですよ。そんなに持ち上げられたら、勘違いしてうぬぼれちゃいそうです」

雛子が笑うと、将司がその顔をじっと見つめてくる。彼は腰を浮かせて椅子をさらに近づけると、雛子の肩を抱き寄せてもう一度唇を重ねてきた。

『これからは、僕も、もっと自分の気持ちを雛子の伝えられるよう努力するって約束するよ』

彼はそう言ったが、実際に約束を守ってくれており、そのおかげで雛子は少し遅れてやってきた甘い新婚生活を満喫中だ。

さすがに依怙贔屓がすぎると思う時があるが、何度聞き直しても将司の主張は変わらない。

「雛子はどれだけ持ち上げても足りないくらい可愛いよ。うぬぼれる雛子も見てみたいな」

たび重なるキスにほだされ、雛子は夢うつつになって目蓋をゆっくりと瞬かせた。

まさか、将司がこれほど溺愛系の旦那さまになるなんて思ってもみなかった。

自分も彼を見習うべきだし、思いのたけを思いきりぶつけたくなる時がある。

けれど、気持ちを伝えるのは簡単なようで、結構難しい。

ストレートな想いなら割と言いやすいが、少しややこしくなると途端に口が重くなる。思った事、考えている事をちゃんと言葉にして伝えようと心掛けてはいるけれど、遥の事だけは、未だに気軽には口にできなかった。

「将司さん、せっかくのコーヒーが冷めちゃいますよ」

キスの合間に囁くと、将司が頷きながら再度唇を合わせてくる。

「確かに、そうだね」

将司が笑い、ようやく座り直してコーヒーをひと口飲む。

雛子も彼と同じようにコーヒーを飲んだが、キスの熱で火傷したのか、唇が熱く痺れたようになっており、うっかり飲みこぼしてしまいそうになる。

いっそ、このまま夜までイチャついていたい――。

将司もそう思ったのか、彼が微笑みながらもう一度身を乗り出してきた。

ちょうどその時、インターフォンが鳴った。

残念ながら、キスはまた今度だ――。そう思った時、将司が一瞬だけ雛子の唇にキスをして、部屋の入り口に向かっていった。

（もう、将司さんったら……）

まるで小鳥が餌を啄むようなキスに、雛子はデレデレと表情を緩めた。

せっかくの夫婦だけの時間に、水を差されたようになったが、楽しみはあとにとっておくほうがいい時もある。

そんな事を思っている間に、インターフォンのチャイムが立て続けに二度三度と鳴り響いた。屋内のインターフォンは、隣の部屋にある。やけにせっかちなチャイムが四回目で止まり、将司が応答する声が聞こえてきた。

耳を澄まして彼の足音を辿ると、どうやらそのまま玄関に向かったようだ。

来客の予定はないし、宅配便か何かだろうか？

首を傾げながら席を立った時、玄関のドアが開いた。

「やあ」

「久しぶりだな」

将司が来客の男性と挨拶を交わす声がして、またドアが閉まる。

「雛子、一臣《かずおみ》が来たよ」

一臣とは将司の父方の従弟で、彼よりもひとつ年下だ。彼とは、これまでに二度顔を合わせており、少しだけ話をした事があった。

雛子は急いでダイニングテーブルの上を片付け、玄関に急いだ。ちょうど将司が一臣とともにリビングルームに入るところに出くわし、笑顔で挨拶をする。

「いらっしゃいませ。一臣さん、お久しぶりです」

「久しぶりだね、雛子ちゃん。二人とも元気そうで何よりだ。さっそくだけど、折り入って頼みがあるんだ――」

一臣がにこやかに笑いながら、緩くウエーブが掛かった髪を無造作に掻き上げる。

将司が一臣をソファに座るよう促し、雛子はお茶を淹れにキッチンに向かった。

(いったい、何の話だろう?)

一臣の様子からして、何かしら困った事が起きたのではないだろうか?

彼にはじめて会ったのは、結婚前に宮寺家の親族に挨拶に行った時の事だ。

将司の従弟だけあってスタイルがよく美男子で、大勢いる親族に囲まれてガチガチに緊張している雛子に真っ先に話しかけ、気持ちを和ませてくれた。

『将司はクソがつくほどの真面目人間だから、苦労するよ。何かあったら、相談に乗るから気軽に連絡して』

一臣は朗らかで人懐っこく、すぐに誰とでも親しくなれるタイプだ。職業はデイトレーダーで、以前教えてくれた事には、住まいはひと月の賃料が百万円以上する都心のタワーマンションであるらしい。

日本茶を淹れてリビングルームに戻ると、将司が真剣な面持ちで一臣の話に耳を傾けているところだった。

「すぐにでも新しく住むところを探すから、悪いけどちょっとの間でいいから置いてもらえないかな？　なあ将司、俺とお前の仲だろう？　雛子ちゃんも、頼むよ」

いきなり話し掛けられ、雛子は目をぱちくりさせて二人を見た。

将司曰く、一臣は先週株の売買で億単位の損失を出してしまったのだという。その結果、現在住んでいるマンションに住み続けるのが困難になり、一時的にここに住まわせてほしいという事のようだ。

「もちろん、資産はまだ十分すぎるほどあるんだけど、すぐには出せないものばかりなんだ。実家に帰ろうにも妹夫婦も同居しているし、友達には今回のへまを知られたくないんだ」

一臣が、雛子と将司の顔を交互に見ながら手をすり合わせる。

本気で困っている様子を見て、雛子は彼が気の毒になった。

「将司さんがいいなら、私は構いませんよ」

「本当に？　ああ、よかった！　これで路頭に迷わずに済むよ」

将司が返事をする前に、一臣が大きな声を出しながらパチパチと拍手する。彼は渋い顔をしている将司をよそに、持参したバッグを開けて箱入りのウイスキーを取り出してローテーブルの上に置いた。

「これ、俺を受け入れてくれたお礼だ。一本百五十万円！　マンションにはまだ高い酒がたくさんあるぞ」

近くに行って気づいたのだが、一臣は少々酔っているみたいだ。いずれにせよ、彼を今の状態で外に放り出すわけにはいかないだろう。

「わかったから、とりあえず奥の部屋に行こう」

将司が一臣を促し、二人分のお茶を載せたトレイとともに西側にある和室に向かった。

そこのほかにも空いている部屋はあるし、しばらくの間いてもらっても問題はない。突然やってきた理由には大いに驚いたが、無一文になったわけではないようだし、せっかくだから一休みするのもいいのではないだろうか。

そもそも宮寺家の人たちは皆裕福で、一臣にしても困ってはいるようだが、さほど危機感は感じられない。

将司自身も都内にいくつか不動産を所有している。不労所得もあり、貯蓄はすでに夫婦が生涯暮らしていくのに十分な額に達していると聞かされていた。

(それなのに、あんなに熱心に働いて……。将司さんって本当に真面目だし、今の仕事が大好きなんだろうな)

雛子はソファに腰掛け、自分用に淹れたお茶を飲んだ。

（あ〜、お茶が美味しい。こんなにも幸せなんだから、困っている人におすそ分けしなきゃだよね）

もうじき夕方だし、そろそろ晩御飯の用意に取り掛かる時間だ。

せっかくだから、一臣の好きなものを作ってあげたい。しかし、訊ねようにも将司と一臣はまだ話し込んでいる様子だし、邪魔はしないほうがいいだろう。

雛子は、独身で一人暮らしの男性が好みそうなメニューを頭の中に思い浮かべた。

そして、冷蔵庫を開けて食材のチェックをする。

（肉料理もいいけど、今日は魚料理にしようかな？　そうだ。ウイスキーに合うおつまみの材料も買っておいたほうがいいよね）

とりあえず、商店街に向かい、鮮魚店の店主と相談しながら具体的なメニューを決める事にする。

思えば、将司以外に料理を振る舞うのは久しぶりだ。

雛子は将司に一声掛けたあと、いそいそと商店街に買い物に出かけていくのだった。

いよいよ年の瀬も押し迫り、残すところあと数日になった。

大掃除に年末年始の準備にと、雛子はいつも以上に家の用事とアルバイトに大忙しだ。

一方の将司も、卒業論文などに手間取っている学生たちのサポートに追われていた。それも昨日片付き、ようやく一旦肩の荷が下りた様子だ。

土曜日の夕方前、雛子は久しぶりに将司とともに商店街に買い物に来ている。幸い天気もよく、風もない。寒くはあるけれど、ちょっとしたデート気分で出かけるにはちょうどいい気候だ。

「さすが年末、人が多いし、いつも以上に活気がありますね」

大勢の人が行き来する商店を歩きながら、雛子はウキウキと心を弾ませながら将司に話しかける。

「そうだな。雛子、買い忘れたものはないか？」

「はい、これでぜんぶです」

それぞれに荷物の詰まった買い物袋をひとつずつ手に持ち、道筋を作ってくれる将司のうしろを早足で歩く。後れを取らずについていけているのは、彼が手を繋いでくれているおかげだ。

途中、「竹内《たけうち》書店」に立ち寄って注文しておいた新刊の児童文学書を引き取りにいく。そこは昔からある小さな書店で一ツ橋商店の万里子と同級生の竹内千鶴子《ちづこ》という女性が店主を務めている。

インターネットで気軽に本が買えるようになって久しいし、売り上げは以前に比べてだいぶ落ち込んでいるようだ。それでも、近隣の学校や図書館と連携し、地域の人たちに支えられながら今も頑張って営業してくれている。

「あら、雛子ちゃん。旦那さまとお買い物？　仲がよくていいわねぇ」

途中、顔見知りから声を掛けられ、照れながらも笑顔で応対する。

商店街を出てからも、将司は繋いだ手を離さないまま、雛子の持っている買い物袋を持ってくれようとした。

「軽いから平気です。それに、昨日はかなりパソコンで入力作業をしていましたよね？　肩こりとか腕の筋肉痛とか大丈夫ですか？」

将司は雛子に教えられ、今ではかなり上手くパソコンを使いこなしている。

「心配ないよ。雛子こそ、肩や腕が凝っているんじゃないか？　それにしても『カッコウ児童文学新人賞』に応募する作品を書き上げる事ができて、本当によかった」

ずっと筆が滞っていた物語は、締め切り間近になって、ようやく書き上げる事ができた。それも、何くれとなく相談に乗ってくれた将司のおかげだ。

「一臣がいて落ち着いて書けなかっただろうに、よくやったね。それにしても一臣のやつ、うちに来てもう二週間になるし、そろそろ出ていってもらわないと、いろいろとやりにくくて仕方がない」

将司がそう言うのも無理はなく、一臣が居候になってからというもの、夫婦のスキンシップは激減していた。

正直なところ、一臣に関しては雛子も少々負担に思っていた。

もとは部屋を提供するだけという話だったが、自分たちの食事だけ用意するのも悪いような気がして、結局は一臣の分も作る事が多い。

それは別にいいのだが、それぞれの仕事の都合で、たまに一臣と家で二人きりになる事があった。

そんな時の一臣はやけにフランクで口調も三人で話す時よりも砕けた感じになる。

気さくな彼の事だから、きっと親戚として親しくなろうと努力してくれているのだろう——。

そう考えて嬉しく思っていたけれど、あまりにも頻繁に話しかけられて戸惑いを感じていたのも事実だ。

雛子は彼と顔を合わせずに済むように、将司が不在の時は自室にこもって児童小説を書き進めるのに没頭した。すると、思いのほか筆が進み、結果的に余裕をもって応募作品を書き上げる事ができたのだ。

「雛子も、家にいると思うと何かと気を遣うだろうし、僕がいない時は特にそうなんじゃないか？」

「そうですね。でも、そういう時は自分の部屋にこもるようにしてますから」

「そうか」

辺りはだいぶ薄暗くなってきており、買い物客も皆それぞれに家路を急いでいる。

話しながら歩いているうちに、雛子の手を握る将司の手にグッと力がこもった。

顔を上げると、将司が眉間に縦皺を寄せて雛子を見下ろしている。

「将司さん……どうかしましたか？」

雛子が訊ねると、将司が繋いでいる手を引いて、ふいに横道に逸れた。彼はすぐ近くに置かれている自動販売機の陰に雛子を連れて行くと、チラリと辺りを見回してから今一度目を合わせてくる。

「雛子がよくても、僕が嫌なんだ。たとえ従弟であっても、僕以外の男性が雛子と二人きりでいるのは気分がいいものじゃない。親子ほど年が離れているならまだしも、一臣は僕よりもひとつ年下だし、女性の扱いにも慣れている」

話を聞いている間に、雛子は小さく首を捻った

「えっと……それはどういう——」

「もちろん、雛子の事は信用しているし、一臣にしてもそうだ。間違っても二人の仲がどうにかなるんじゃないかとか、本気で思っているわけじゃない。それでも、やはり胸がもやもやして、どうにも落ち着かなくなるんだ」

いつも冷静沈着な将司が、ほとほと困り果てたような表情を浮かべている。

まさかとは思うが、もしかして将司はやきもちを焼いているのでは？

そう思うなり、雛子はぱあっと顔を輝かせた。

「将司さん。それってもしかして……やき——」

雛子が言うのをためらっていると、将司の両方の眉尻が下がり、小さくため息をついた。

「ああ、そうだ。僕は、やきもちを焼いている。我ながら情けない限りだが、嫌なものは嫌なんだ」

「やっぱり！」

うっかり嬉しそうな声を上げてしまい、雛子はとっさに指先で口を押さえた。

将司はといえば、バツの悪そうな表情を浮かべながら雛子の顔に見入っている。

「ごめんなさい。ここは、喜ぶところじゃありませんよね。でも、将司さんがやきもちを焼いてくれるなんて思ってなかったから……。だから、何だかすごく嬉しくて、つい……」

雛子は将司がテレビ出演を機に、大学のみならず番組を見た視聴者の間でイケメン文学教授として注目されている件を持ち出した。さすがに亡妻の遥にまでやきもちを焼いている事は言えなかったが、将司は雛子が言わんとしている事を理解してくれた様子だ。

「万里子さんにも『あんまりモテモテだと、何かと心配になっちゃうわねぇ』って言われました。もちろん、私だって将司さんの事は全面的に信用していますよ？　でも、それとこれとは別というか、将司さんは私だけのものなのにって思って——あ……」

自分でも気づかないうちに、つい日頃思っている事を口に出してしまった。

あわてて口を噤むも、もう遅い。

雛子が黙っていると、将司が膝を折り、正面から目を合わせてきた。

「雛子、今何て言ったんだ？　最後のほうがよく聞こえなかったから、もう一度聞かせてくれないかな？」

嘘だ。ぜったいに聞こえていたはずだ。

それは、彼の顔を見れば一目瞭然だった。しかし、まるでねだるような目で見つめられて、あっけなく陥落する。

「ま……将司さんは私だけのものなのに、って言ったんです」

言い終えるなり、将司が雛子の身体を抱き寄せて、腕の中に包み込んだ。二人の身体がぴったりとくっつき、心臓がドキンと跳ね上がる。

将司の腕の力が少しずつ強くなるにつれて、雛子の背中が弓のようにしなった。

頭のてっぺんに、彼の温かな呼気を感じる。

雛子は将司の背中に腕を回して、つま先立ちになった。

「嬉しい事を言ってくれるね。僕たちは夫婦だ。二人は愛し合っているし、僕は雛子だけのもので間違いないよ」

優しく温かな声でそう言われて、胸が喜びでいっぱいになる。

雛子は、精一杯背伸びして将司の背中を掻き抱いた。

「私も将司さんだけのものです。ぜんぶ、まるごと……いらないって言われても、将司さんにしかあげる人がいないから、受け取ってもらわなきゃ困ります」

「今の言葉、本当だね？」

「はい、もちろんです。私、嘘なんかつきません。特に、将司さんにだけは、ぜったいに嘘はつかないです——ん、っ……」

ふいに唇を重ねられ、目を大きく見開いた。徐々にキスが熱を帯び、呼吸が乱れてくる。ただでさえ一臣が来て以来キスの回数が減り、しても軽いものばかりだった。久しぶりに長いキスをしている上、ここは自宅ではなく外だ。

はじめてのシチュエーションに酔ったようになり、雛子は一瞬で腑抜けて、足に力が入らなくなった。

「おっと……」

背中を将司の腕に支えられ、彼と正面から見つめ合う姿勢になる。

「大丈夫か？」

いつもどおりの優しい視線を向けられ、雛子はパチパチと瞬きをしながら、何度となく頷いた。

「はいっ……大丈夫です。ご、ごめんなさい。何だかちょっと、のぼせたみたいになってしまって……」

将司に手助けされながら体勢を整え、またもとの道に戻った。

手を繋ぎ、二人とも正面を向きながらしばらくの間、自宅に続く道を歩き続ける。

家の近くまで来た時、将司が少し歩調を緩めた。近くには誰もおらず、遠くに犬を散歩させている親子連れらしき人がいるだけだ。

「少し寄り道をしないか？」

将司に誘われて、雛子は二つ返事で承諾して、彼とともに自宅近くにある小さな公園に向かった。

自宅には一臣がおり、帰宅すれば、せっかくの甘い時間も終わらせざるを得ない。

買い物が目的ではあったけれど、もはやこれはれっきとしたデートだ。

もう少しだけ、二人きりの時間を楽しみたい――。

そう思っていたのは、雛子だけではなかったみたいだ。

日が落ちて、辺りが一気に暗くなり始める。

夫婦が到着するのと入れ替わりに、数組の親子連れが片付けを済ませて公園をあとにした。そこは、いくつかの遊具がある児童公園で、大きく枝を伸ばす木の下にベンチがある。並んで腰を下ろし、同時に空を見上げた。

「都会だと星が見えないですね」

「そうだな。雛子が生まれ育ったところは、よく見えたのか？」

「たくさん見えましたよ。周りは山だらけだったし、天然のプラネタリウムみたいでした」

雛子は、空に向かって両手を伸ばした。

「こうすると、掴めそうなくらい空が近くて、今にも星が降ってきそうでした。子供の頃、祖父母と一緒によく星を眺めたんですよ」

夜空に伸ばした雛子の手を、将司の掌が包み込んだ。

彼はもう片方の手で雛子の肩を自分のほうに引き寄せると、まっすぐに目を見つめながら微笑みを浮かべた。

「――雛子、君さえよければ、二人の子供を作らないか？」

「え？」

急にそう言われて、雛子は仰天して目を丸くする。

「もちろん、雛子の気持ちが最優先だし、もし気が進まないようなら無理にとは言わない――」

「作ります！　気が進まないなんて事、ぜったいにありません！　逆に、いいんですか？　だ、だって、将司さんって子供はあまり好きじゃなかったんじゃ……。お義父さまにもそう伺っていますし、前の結婚でも子供は作らないって決めてたって――」

雛子は、以前正一郎から聞いた話を将司に打ち明けた。そして、自分は将司との子供を望んでいるが、無理強いはできないと半ば諦めていた事も明かした。

彼は驚いた顔をして話を聞いていたが、やがてすべて理解した様子で口を開いた。

「すまない。うちの父が、余計な事を言ったばっかりに、勘違いさせてしまったようだね。僕が子供を望んでいないなんて、とんでもない思い違いだ。僕自身、子供は大好きだし、雛子との子供なら何人でもほしいと思っている。ただ、父に思い違いをさせたのは意図的なものだったんだ」

「意図的なもの……？」

いったいどういう事だろうか？

理解できないでいる雛子に、将司は言葉を選びながらすべてを話してくれた。

曰く、前妻の遥には機能的な問題があり、妊娠は不可能だという診断が下されていたらしい。

それがわかったのは結婚前に行ったブライダルチェックの時で、その時点で将司たちは子供を持つ事は諦めざるを得なかったようだ。

だが、理由を明かせば、いろいろと言われるのは遥だ。そのため、周りには夫婦が子をなさないのは、二人の意志によるものだという事にしたとの事だった。

「じゃあ、将司さんが子供はあまり好きじゃないって言うのは……」

「本当の事じゃない。だけど、周りに納得してもらうためには、好きじゃないと思われていたほうがよかったからね」

「そうだったんですね。……あぁ、よかったぁ。私、将司さんが子供を作りたくないなら、それはそれで仕方がないって……。子供を持つのは諦めようって思って……」

一度は諦めたものの、本当は将司との子供を熱望していた。

一気に心が軽くなった気がして、雛子はホッと安堵のため息をつく。

「だから、前に僕が子作りに関する話をしようとした時、それとなくはぐらかしたんだね」

「はい。だって、そういう話になって、はっきりと子供は持ちたくないと言われるのが怖かったから……。だから、せっかくお義父さまにアドバイスしていただいたのに、どうしても言い出す事ができなくて」

「僕は僕で思い違いをしていた。雛子が子供の話を避けている様子だったから、てっきり子供を持ちたくないんだと思い込んでいた。ただ、雛子は一ツ橋商店でのアルバイトを楽しんでいただろう？」

もしかすると、雛子にも遥と同じような事情があるのかもしれない――。

そう考えた将司も、子供を持つ事に関しては半ば諦めモードだったようだ。

つまり、夫婦は互いの気持ちを考えるあまり、見当違いな思い違いをしていたというわけだ。

それとわかった二人は、心から喜んでどちらともなく手を握り合った。もう、何も遠慮する事はない。

今後は夫婦で話し合いながら、子作りに励む約束をする。

「そのためにも、やはり一臣には一日でも早く住むところを探してもらわないとな」

将司がベンチから立ち上がり、難しい顔をする。

「でも、一臣さんにも事情があるでしょうし、あまり催促するのも気の毒ですよ」

「それはそうだが……」

雛子は彼の手を借りてベンチを離れた。

将司が同じ考えでいてくれるだけで、今は十分だ。もう年の瀬だし、どのみち引っ越しは年明けになるだろう。それでも、子供に関する夫婦の方向性が決まった今、一臣との同居は以前ほど気にならなくなっている。

「翻訳のお仕事が終わったら、おせちの準備、手伝ってくださいね」

「もちろんだ」

将司の両親が離婚するまでは、毎年正月になると現在雛子たちが住んでいる家に一族が集まって顔を合わせていたようだ。

しかし、今はそれもなくなっており、夫婦は二人だけでのんびりとした正月を過ごしている。

「雛子が作る伊達巻は絶品だからな。いつか僕も、あれを作れるようになるかな？」

将司は伊達巻が大好物で、普段もたまに作ってほしいと頼まれて食卓に並べている。

彼に作り方を習いたいと言われて、雛子は何度か彼とともにキッチンに立った事があった。しかし、伊達巻を上手く作るにはコツがいる。

将司は雛子に助けられながら何度となく挑戦したが、いまだ上手く巻く事ができず、ゴロゴロとした炒り卵のようになってしまうのだ。

「大丈夫ですよ。気長に頑張りましょう」

「そうだな」

夫婦はずっと一緒だし、人生はまだまだ先が長い。

二人は顔を見合わせると、繋いだ手を軽く前後に振りながら、自宅に向かって歩いていくのだった。

正月が過ぎ、あっという間に一月も半ばになった。

金曜日の夕方、一ツ橋商店でのアルバイトを終えて帰宅した雛子は、キッチンで晩御飯を作っていた。

鼻歌を歌いながら鶏肉と野菜を鍋でぐつぐつと煮込む。作っているのは、鶏肉のポトフだ。スープを小皿に取って味見すると、いつもより美味しくできている。

（あ〜、何だかホッとしたな）

つい先日、雛子は書き上げた児童小説を「カッコウ児童文学新人賞」に応募し終えた。結果がわかるのは三月下旬頃で、入賞者は出版社のホームページで発表される。

将司にもアドバイスをもらったし、自分なりに納得した作品に仕上げる事ができた。あとは結果を待つのみ。入賞する自信があるかと言われたら胸を張って「はい」とは言い難い。しかし、いずれにしても今の自分の力を出しきったから悔いはないし、気分はすっきりしている。

将司はといえば、いつもどおり仕事をこなしつつ、卒論や修論提出の締め切りを前に右往左往している学生のサポートに大忙しだ。

このところ連日残業続きで、今日も帰宅は午後十時過ぎになるらしい。残業中は食事を取る暇もないようで、晩御飯は帰宅後に食べてもらっている。そのため、なるべく滋味があり消化のいいメニューを心掛けていた。

「雛子ちゃん、今日の晩御飯は何？　一仕事終えたから手伝うよ」

鶏肉を野菜と一緒に煮込んでいると、一臣がキッチンに入ってきた。

「メインは鶏肉のポトフです。もうじき出来上がるので、お手伝いはまた今度で」

「ポトフか。雛子ちゃんの作る料理、どれも美味しいよね」

近くから聞こえた声に驚いて振り返ると、一臣が思いのほか近い位置に立っていた。

いくら何でも近すぎる！

雛子はとっさに前に向いて、持っていた菜箸を握りしめた。

火のついたコンロと一臣の間に挟まれ、どうにも動く事ができない。それでも何とか身体を横にずらし、火を止めたあとに、さりげなくシンクのほうに移動する。

気さくな一臣とは、同居以来よく話すようになった。殊に、年が明けて将司が仕事で不在がちになっているここ一週間は、連日家にいて何かと話しかけてくる事が多い。

「ポトフ、美味しそうだね。だけど、今夜はもっとガッツリしたものが食べたかったな」

「そうかなと思って、鶏のから揚げも作りましたよ」

「さすが雛子ちゃん！　俺の気持ちを、よくわかってくれてるなぁ」

洗い物をしていると、一臣がすぐ隣に来て顔を覗き込んできた。

「お……お皿、出してもらってもいいですか？」

雛子はシンクの左側にある食器棚を指して、さらに一歩横にずれた。すると、一臣も同じように動き、もう少しで腕がぶつかりそうになる。

「いいよ。雛子ちゃんって、コンパクトで可愛いよね。お皿、どれを取ればいい？」

一臣は将司同様、背が高くすらりとした体型をしている。彼は雛子が踏み台を使わなければ届かない位置にある皿を難なく取って、作業台の上に載せてくれた。

「あとは、何かする事があるかな？　これ、テーブルにもっていくやつ？」

一臣が盛り付けの終わった皿を指して、再度雛子の顔を覗き込むようなそぶりをする。

雛子はさりげなくコンロのほうに逃げて、掌でダイニングテーブルを示した。

「お願いします。もう大丈夫ですから、座っててくださいね」

皿にポトフを盛り付けながら、雛子は密かに身を強張らせた。

一臣はトレーダーとしての仕事をこなしつつ新居は探しているようだが、なかなか条件に合う物件がないらしい。

彼がこの家に転がり込んできて、かれこれひと月になる。

親戚だし困った時は助け合うのが当たり前だが、当初はこれほど同居が長引くとは思ってもみなかった。

それはさておき、前から感じていた事だけれど、一臣はどう考えても少々馴れ馴れしすぎるところがあった。

殊に、晩御飯を彼と二人きりで食べる日が多くなってからというもの、距離感がおかしくなっているような気がしてならない。

(将司さんとは昔から仲がよかったみたいだし、私の事も同じように思ってくれてるんだろうけど……)

親しくしてくれるのはいいのだが、いきなり近づいてくるのはやめてほしい。けれど、親戚付き合いを考えると、そう強くも言えなかった。

一臣が席に着き、雛子は彼の前に料理の皿を並べた。

彼が座っているのは、円形のダイニングテーブルの左側だ。その対面が雛子の席で、将司はキッチンを背にして二人の真ん中に座る。

最後にお茶を淹れた湯呑茶碗を置いたあと、腰のエプロンを取って丁寧に折り畳んだ。

「どうぞ、召し上がってください」

「雛子ちゃんは、今日も一緒には食べないの?」

一臣が「いただきます」と言い、揚げたての鶏のから揚げを箸で摘まんだ。

「はい。私は将司さんと一緒に」

「でも、今日も帰りは遅いんだろう？」

「そうですけど、作りながら味見をしていたので、まだあまりお腹も空いていないので」

「へえ……。でも、いろいろと話をしたいし、俺が食べ終わるまでここにいてくれるんだろ？　もう、児童小説は応募し終わったんだし、それくらいの時間はあるよね？」

家に一臣と二人だけになる時、雛子は世間話のついでに文学賞について彼に話した事があった。

それは、自室にこもるための格好の言い訳でもあったのだが、応募を終えた今、もうそれは使えなくなってしまっている。

雛子が返事に困っていると、一臣がふと思いついたように顔を上げた。

「そういえば、将司と元奥さんの遥が幼馴染だって聞いてる？」

「はい、前に将司さんが話してくれました」

「ふーん。実は、俺も遥とは親しかったんだよね。小さい頃は、よく三人で遊んだりしてさ」

「そうでしたか。じゃあ、三人とも幼馴染だったんですね」

遥の事については、ほとんど知らない雛子だ。つい興味を引かれてしまい、自分用のお茶を淹れてダイニングテーブルを挟んで一臣の正面に座った。

「遥さんって、どんな方だったんですか？」

「一言でいえば、世間知らずのお嬢さま。両親から猫かわいがりされて育ったから、当然生活能力はゼロでね。家事は何ひとつできなかったから、結婚してからも、ずっと住み込みの家政婦を雇ってたな」

はじめて聞く話に、雛子は頷きながら熱いお茶に息を吹きかけた。

「だけど、遥は家事がいっさいできなくても気にならないくらいの美人だったからね。将司も不満には思ってなかったんじゃないかな。と――熱っ！」

話しながら、から揚げにかぶりついた一臣が、突然大声を張り上げた。箸から逃げたから揚げがダイニングテーブルの上を転がる。

雛子はとっさに席を立って、一臣のほうに駆け寄った。

「大丈夫ですか？　火傷しちゃいました？」

かがんで一臣の口元を覗き込むと、彼はそれまで口を押さえていた手を取って、雛子のほうに顔をグッと近づけてきた。

「どうかな。ちょっと見てくれるかな？」

「えっ……と……」

雛子は、たじろぎつつも一臣の口元を見た。

「わかる？　この辺りが、ちょっとヒリヒリするんだけど」

油がついた彼の唇は半開きになっており、その間から舌先が覗いている。

将司以外の男性の口元を、これほど近くで見た事なんかなかった。

雛子は気まずさを感じながらも、かがんだ姿勢のまま舌先で示された上唇を凝視した。

「見たところ大丈夫そうですけど、念のため冷やしましょうか？　私、保冷剤を取ってきますね」

雛子は姿勢をまっすぐにして、冷蔵庫に向かおうとした。

しかし、一臣に手首を掴まれ、歩き出した足が強制的に止まる。

「保冷材より、雛子ちゃんが舐めてくれたほうが治ると思うんだけどな」

一臣が、やけに意味深長な表情を浮かべながら、低い声でそう言った。

耳を疑うような事を言われて、雛子はポカンとして棒立ちになる。

「……はい？」

一瞬間が空き、一臣が声を上げて笑い出した。

「やだなぁ。冗談だよ。あれ？　もしかして、本気にした？」

手首を解放され、ハッとして我に返る。

「ま、まさか！　冗談に決まってますよね。アハハッ」

びっくりしたし、うっかり本気にしそうになってしまった。

雛子にとっては、かなりきわどい冗談だが、女性の扱いに慣れた一臣にしてみれば何でもない会話のひとつなのだろう。

「だよねぇ。雛子ちゃんは、将司一筋だし。でもさ、前から思ってたんだけど、どうして将司に対して未だに敬語使ってんの？」

「将司さんとは、もともと職場が同じでしたし、講師と生徒の関係でもあったので、何となくその延長線上で」

「ふーん」

一臣が転がったから揚げを指で摘まみ上げて、口の中に放り込む。

「うん、美味いっ。雛子ちゃんのから揚げ、店に出せるクオリティーだよ。毎日、こんなに美味しいものが食べられるなんて、将司がうらやましいな」

「ありがとうございます。いっぱい食べてくださいね」

距離感には戸惑うし、本音を言えば一日でも早く将司と二人きりの生活に戻りたい。

その一方で、自身の親戚とは絶縁状態の雛子にとって、一臣の存在はありがたくもあった。

由緒正しい宮寺家において、雛子のような庶民出の配偶者はかなり珍しい。

これは一臣に教えてもらったのだが、将司との結婚に際して難色を示した親戚も大勢いたようだ。けれど、将司の意志は固く、結果的に二人は夫婦になった。

そういった、将司があえて雛子に明かさずにいるエピソードも一臣なら気軽に話してくれる。彼自身も特に家柄にこだわる様子もなく、聞かされた歴代の恋人は職業や国籍など、一人として被っていないと豪語していた。

その後は他愛ない世間話をして、部屋に戻る一臣を見送ってから後片付けを始める。

『片付けくらい、手伝うよ』

彼はそう言ってくれたが、一人のほうが捗るし格段に気楽だ。丁寧に断って、先に風呂に入るよう勧めた。

キッチンの壁にある時計を見ると、午後八時過ぎだ。

雛子は洗い物を済ませたあと、自室に戻って文机の前に座った。

部屋は昔、将司の祖母が使っていた和室で、床の間と縁側を隔てる透かし彫りの書院欄間がとても美しい。

八畳の床は畳敷きで、文机の周りだけ絨毯が敷いてあった。

もともと置いてあった桐製の和ダンスも使い勝手がよく、精巧な彫刻が施されている三面鏡ともども、雛子のお気に入りだ。

部屋の備品のひとつに、真鍮の小さな額に入った将司の写真がある。それは彼が幼稚園の頃に撮ったもので、縁側に腰掛けた将司がカメラを見て微笑んでいる。

(将司さん、子供の頃からイケメンだったんだなぁ。子供ができたら、ぜったいに将司さんに似てほしい)

年末に将司と一緒に商店街に買い物に出かけた帰り、公園に寄り道をしてベンチで子供を作る事につい話し合った。

子作りに関しては、とりあえず自然に任せる事にした。そのまま一年経ってもできなければ、タイミング療法などを取り入れて、引き続き妊活に励む予定だ。

(あの日、将司さんと買い物に行ってよかったな。いろいろと話せたし、新しいお話を書き始めるきっかけにもなったんだもの)

子供の事を話す前に、雛子が昔住んでいた田舎の話をした。その時から、時折自分が子供の頃の事を思い出し、ふと創作意欲が湧いたのだ。

思いついた事をメモ書きして、あれこれ考えているうちに、今度書くのは児童文学ではなく絵本のほうがいいと判断した。

登場するのは田舎の森に住む動物たち。話を考える傍ら、動物たちのイメージを広げるために水彩絵の具で、ちょっとした絵も描いたりしている。

それが、思いのほか楽しい。

この調子で書き進め、最終的には文と絵を両方完成させたいと思っているところだ。

スケッチブックを広げて、描いたものを眺めながら、頬杖をつく。

将司が忙しい事もあり、今はまだ絵本については彼に話していない。

(今週末は久しぶりに、ゆっくりできそうだと言っていたから、将司さんと二人きりになった時に話そうかな)

しかし、自宅だと一臣がいて、落ち着いて話せない可能性大だ。

年末の買い物の時のように、また二人でご近所デートをするのもいいかもしれない。

そんな事を考えているうちに、俄然週末が楽しみになってきた。

しばらくの間、思い付くままに動物たちの絵を描いたり、思いついたフレーズを走り書きしたりする。

(あれっ? もうこんな時間?)

壁の掛け時計を見ると、もう午後九時を回っている。将司は午後十時過ぎに帰宅予定だから、その前に風呂に入り、食事の準備を整えなければならなかった。

雛子は急いで文机の上を片付け、着替えを持ってバスルームに急いだ。

ドアを開けると、微かに柑橘系の香りがした。それは、一臣が愛用している香水の香りで、彼はいつも風呂上がりにそれをつける習慣があるらしい。

(さっさと入って、晩御飯の用意をしないと)

今のように将司の帰宅が遅くなる時は、雛子も彼に合わせて晩御飯を食べるのを遅くするのが常だ。

料理を作りながら味見をし、いくらか空腹はまぎれる。けれど、あまりにもお腹が空いた時は、アルバイト先でもらったお菓子など、ちょっとしたおやつを食べてしまう時があった。

そのせいか、最近は少々ウエストが太くなったような気がする……。

将司は気にするなと言ってくれるが、体重計に乗るたびに一喜一憂してしまう。

(だったら、おやつを我慢すればいいだけの話よね。せっかくアルバイト先まで頑張って歩いてるのに、意味がなくなっちゃう)

バスルームの手前は洗面所兼脱衣所になっており、そこに体重計が置いてある。

雛子は入り口のドアを閉めロックしたのちに、洋服を脱いで体重を量ってみた。

今日は、おやつを食べるのは我慢したが、その分晩御飯の味見をする量がちょっとだけ増えた。

案の定、デジタルで表示された数字が、予想していたものよりも一キロ弱多い。

がっくりと項垂れつつバスルームに入り、シャワーを浴びてから肩までお湯に浸かる。

バスルームは完全リフォームがなされており、浴槽はもとより床と壁はすべて天然の十和田石が使われている。じっくり温まったあと、浴槽から出て洗い場の椅子に腰を下ろす。

「あ〜あ、何で痩せないの？　……って、歩くだけでほかに運動もしてないからだよね。はぁ……」

曇り止め加工がされている鏡には、一向に細くならない自分が映っている。

せめて、もう少しメリハリのある身体付きになりたい。

そう願っているが、なかなか思うようにはいかなかった。

（いっその事、フィットネスバイクとか買おうかな？　それとも、トランポリンとかのほうがいいかな？）

思案しながら身体と髪の毛を洗い、バスルームを出た。

身体と髪の毛を拭いたあと、念のため、もう一度体重計に乗ってみる。けれど、数値は入浴前と同じだった。

（まあ、今はダイエットよりも妊活優先だもの。バランスの取れた食事をして、しっかり妊活の基盤作りをしなきゃだよね）

下着姿のまま髪の毛をドライヤーで乾かし、ワンピース型の部屋着を着て洗面台の前に立った。

スウェット生地のワンピースは、以前将司と百貨店に行った時に買ったものだ。色はスモーキーピンクで膨張色だが、将司が可愛いと言ってくれたのが購入の決め手になった。

雛子は身体を横にしたり、うしろを向いたりして、鏡に映る自分をチェックする。

以前は、何を買うにしても無難なものを選んでばかりだった。

自然と色合いはモノトーンやアースカラーが多くなり、性格は明るくても見た目は地味だと言われ続けてきた。

それも、将司を知る前の事——。彼に恋をしてからというもの、やけに色鮮やかなものやパステル調の洋服に目が行くようになっていた。

しかし、もともとおしゃれに疎い雛子だ。いきなり色を取り入れようとしても、何をどう合わせていいのかわからない。

友達に聞こうにも好みが違いすぎて、あまり参考にならなかった。

しかし、将司と百貨店にいる時、天啓を得た。

わざわざ人に頼まなくても、すぐそばに彼という最高のアドバイザーがいるではないか。

(将司さんって、私が知る人の中で、一番センスがいいしおしゃれだもの)

スーツや普段着るものは行きつけのセレクトショップで揃える将司だが、だからといって安価な洋服を避けているわけではない。時には商店街の洋装店で部屋着を買う事があるし、要は納得がいく品であればどこで何を買ってもいいというスタンスだ。

(将司さん、スタイルがいいし、どんなものでも着こなしてしまいそう。いいな、憧れちゃう)

そんな事を思いながら鏡の前で一回転した時、突然洗面所のドアが開いた。

「あれ？　雛子ちゃん、風呂に入ってたの？」

ドアの前には一臣が立っている。

彼の視線が雛子の全身を巡り、何事もなかったかのように顔に戻ってきた。

「えっ……ドア、ロックしたはずなのに――」

「いや、ロックはしてなかったよ。ごめん、ノックすればよかったね。雛子ちゃんはてっきり部屋にいるものだと思ってたから」

驚いて固まる雛子を前に、一臣はへらへらとした顔で話し続けている。

「そ……そうですか」

かろうじてそう返事をしたものの、心臓がバクバクしているし、驚きすぎて声を出すのもやっとだ。

洋服を着ていたからよかったものの、そうでなかったらと思うと……。

とにかく、一刻も早く洗面所から逃げ出したい。しかし、一臣がドアの前に陣取っており、そうできなかった。

「雛子ちゃん、そのワンピース、すごく似合ってるよ。今まで黒とかグレーばかり着てたのに、何か心境の変化でもあったのかな？」

あえて地味な色合いを着ていたのは、一臣の目を気にしての事だ。彼は、いつも晩御飯を食べたあとは部屋にこもって朝まで出てこない。

てっきり今夜もそうだと思っていたのに、完全にあてがはずれた。

ワンピースは将司を迎えるためのおしゃれであり、一臣に見られるなんて思ってもみなかったのに――。

「いえ……あの、私、もう部屋に戻りますね」

「どうして？　風呂上がりなんだし、何か飲んだほうがいいよ」

一臣がドアの前から離れて、廊下の左側に移動した。雛子が進みたいのは自室がある左方向だ。しかし、まるでとおせんぼするように彼が立ちふさがっており、そちらには進めない。

雛子は、仕方なくキッチンのある右側に進み、無言で冷蔵庫から冷えたお茶を出して飲んだ。幸い、一臣はついて来ず、洗面所のほうから水を流す音が聞こえてきた。

常日頃から独特の雰囲気を醸し出している一臣だが、今夜の彼の言動には何かしら違和感を覚える。

どうであれ、とりあえず将司が帰宅するまで自室にいたほうがいいだろう。

雛子がそう思った時、廊下を足早に歩く音がして、キッチンの入り口に一臣が顔を出した。

「お茶、俺ももらっていい？」

彼は雛子を見るなりそう頼むと、ダイニングテーブルの前で立ち止まった。

今のもかなり驚いたが、強いてそれを顔に出さないで「はい」と言って頷く。

食器棚からコップを取り出し、お茶を淹れてダイニングテーブルの上に置いた。

一刻も早くこの場を離れようと歩き出したが、一臣に話しかけられて仕方なく足を止める。

「そういえば、そのワンピース、どこで買ったの？　何となく見覚えがあるんだけど」

「石丸百貨店で買いました。定番商品みたいなので、どこかで見たのかもしれませんね」

「ふーん。あぁ、思い出した！　それ、昔遥が着てたやつだ」

「えっ……遥さんが？」

「ああ、間違いないよ。遥も石丸百貨店で買ったって言ってたし、色もデザインも一緒だ。もしかして将司に見立ててもらったとか？　あいつ、それを着た雛子ちゃんを遥と重ねてるのかもね」

まさか、亡き前妻と同じものだったなんて――。

雛子は少なからず動揺して、掌に触れていたワンピースの生地を固く握りしめた。

「将司、遥の事を心底愛してたからなぁ。俺が遊びに来ても、お構いなしにイチャついて、目のやり場に困ったよ。でも、将司ってああ見えて結構な女好きでね。俺と一緒に飲みに行ってワンナイトラブし放題って時もあったんだよ」

一臣がコップを手に取り、中のお茶を一気飲みする。

思いもよらない事を言われて、雛子は動揺しながらも即座にそれを否定した。

「う、嘘です。将司さんに限って、そんな事――」

「本当だよ。いくら堅物に見えても、所詮男ってそんなもんなんだよね。ましてや、あれほどのルックスだろう？　声を掛ければ百発百中で、一晩で三人相手した事もあったりして――」

一臣は、それからも将司の不貞行為についてペラペラとしゃべり続けた。

将司が浮気などするはずがない！

ましてや、ワンナイトラブなんて言語道断――。そう思った時、ハタと将司とはじめて夜を過ごした時の事を思い出した。

「あれ？　もしかして思い当たっちゃった？」

茫然とする雛子を見て、一臣が含み笑いをする。

ぜったいに、そんなはずはない。

そう思うものの、思ってもみない事を言われて頭の中はごちゃごちゃになってしまっている。

「最近の将司、ずっと忙しいとか言って帰りが遅いだろう？　雛子ちゃんはショックだろうけど、十中八九浮気してるよ。今頃、雛子ちゃんじゃない誰かと、キスしたり抱き合ったり、それ以上の事もしてるだろうな」

いつの間にかすぐそばまで来ていた一臣が、雛子の耳元でそう囁いてくる。

「ま、将司さんは、そんな事しません！　私、将司さんを信じてますから！」

雛子は大声を出しながら、後ずさって一臣から逃げた。しかし、すぐににじり寄って来た彼に距離を縮められ、そのまま部屋の角に追いつめられてしまう。

とっさにしゃがみ込んで逃げようとするも、背中を押されて床に倒れ込んでしまった。床に横座りになっている雛子を上から見下ろすと、一臣がニヤニヤと笑いながら舌なめずりをする。

「信じようと信じまいと、この際関係ないよ。俺、前から雛子ちゃんの事、狙ってたんだよ。ねぇ、俺と遊ばない？　ワンナイトでいいからさ」

床に膝をついた一臣が、雛子のワンピースの裾をたくし上げた。あらわになった太ももを掌で撫で上げられ、全身に鳥肌が立つ。

「何をするんですか！　やめてください！」

「うるさいなぁ。声、デカすぎるよ。いくらこの家の敷地が広いからって、さすがに外に聞こえそうだ」

一臣が顔をしかめ、威嚇するような表情を浮かべた。

雛子は恐怖に駆られ、出そうとしていた声が出せなくなる。

「静かにしないと、痛い目を見るよ。ほら、一回でいいって言ってんだから、素直に言いなりになれ――うわっ！」

今にも覆いかぶさってきそうになっていた一臣が、ふいに声を上げて目前からいなくなった。次の瞬間、食器棚に何かが激しくぶつかる音がしたと思ったら、凄まじい怒号が聞こえてきた。

「一臣！　貴様、何をやっているんだ！」

雛子が顔を上げると、食器棚の前で仰向けに倒れている一臣の上に、将司が馬乗りになっていた。彼は鬼の形相で一臣に詰め寄り、今にも殴り掛からんばかりに拳を固めている。

「ま……将司さんっ……」

雛子が掠れた声で彼を呼ぶと、将司がすぐに立ち上がってすぐそばに来てくれた。跪いた彼に身体を抱き起こされ、左の頬を掌に包み込まれる。

「雛子、大丈夫か？　何をされた？　怪我はないか？」

「だ……大丈夫です……。何もされていませんし、怪我もありません」

ようやくそれだけ答えると、雛子は背中に腕を回した。

まだ頭の中は何も考えられないほど混乱している。けれど、将司がいてくれるだけで十分だ。とにかく、一秒でも早く一臣に出ていってほしい。

小声で将司にそう伝えると、彼は雛子を抱き上げてソファに座らせてくれた。それからすぐに一臣のところにとって返し、彼の片腕を鷲掴みにして隣室に引きずっていく。

開けっ放しのドアの向こうから、将司が一臣を詰問する声が聞こえてくる。

ほどなくして一人で戻ってきた将司が、雛子の肩をそっと抱き寄せる。

「一臣は、とりあえず動けないようにして床に転がしてある。もう大丈夫だ」

話す声は静かだ。けれど、眉間には深い皺が刻まれ、時折ピクピクと痙攣している。

彼は一臣を警察に突き出すと言ったが、雛子は頭を振って彼を押しとどめた。

一臣には怖い思いをさせられたが、事を大げさにしたくなかったし、今は将司がいてくれる。

雛子は彼の腕の中で脱力して、広く逞しい胸に頬を擂り寄せた。しばらくしたのちに、将司が再度隣室に向かい、それからすぐに玄関のドアが開閉する音が聞こえてきた。ほどなくして戻って来た将司が、雛子と視線を合わせるなり、胸に強く抱き寄せてくる。

「一臣は、たった今出ていかせた。雛子、本当にすまない。あんなやつをここに置いたのが間違いだった」

きつく抱きしめられ、雛子はかろうじて頷いて、ホッとため息をつく。

とんでもなく恐ろしかったが、今は将司がいてくれる。

雛子は彼の腕の中で脱力して、ぐったりと彼の胸にもたれ掛かった。

「どこか痛いところは？　気がついていないだけで、怪我をしているんじゃないか？」

優しく訊ねられ、雛子はゆっくりと首を横に振った。抱き寄せる腕を緩めると、将司が額を合わせて目をじっと見つめてくる。

「本当に大丈夫か？」

「はい、本当に大丈夫です。……でも、将司さんが帰ってきてくれてよかった」

心底怖かったし、もう二度とあんな目に遭うのはごめんだ。

よほど怖かったのか、まだ身体の震えが止まらない。それに気がついた将司が、おもむろに雛子の背中と膝の裏を腕に抱え上げた。彼の膝の上に腰を下ろすような姿勢になり、片方の頬が将司の胸にぴったりと寄り添う。前にもこんなふうに彼の膝の上に抱き上げてもらったが、こうしているとすごく安心する。

雛子は将司の引き締まった胸板に頬を摺り寄せ、深く息を吸い込んだ。

「少しは落ち着いたかな？」

頷きながら顔を上げると、こちらを見る将司と目が合う。彼の顔には、心配でたまらないというような表情が浮かんでいる。

雛子は将司を見つめながら「はい」と言ってわずかに口元を綻ばせた。

「よかった……。一臣の事は僕に任せてくれ。彼の両親にも事情を説明するつもりだし、これを機にいろいろと調べる必要がありそうだ」

トレーダーとして生活をしていたのは確かだが、今現在の資産状況については不明だ。彼が以前本人から聞いた事には、将司の資金源には彼の両親の預貯金も含まれているらしい。

いったい、一臣の現状はどうなっているのやら……。それも含めて、彼に関しては一度すべてを明らかにしたほうがよさそうだった。

「喉、乾きましたね。お茶を淹れてきます」

少し落ち着いたところで、雛子は彼の膝の上から下りてキッチンに向かおうとした。

「お茶なら僕が淹れるよ」

「じゃあ、一緒に」

夫婦が二人揃ってリビングルームを横切っていると、ふいに部屋の入り口に現れた一臣が、ダイニングテーブルの前に立った。

雛子は小さく悲鳴を上げて、その場に立ちすくんだ。すぐに将司が肩を抱き寄せてきて、雛子を庇うようにして一歩前に出る。

「一臣？　貴様、ついさっき出ていったんじゃ――」

「おあいにくさま。まだやる事が残っていたものでね」

一臣が身構えながら口元だけの笑みを浮かべた。おそらく勝手に家の合い鍵を作って持っていたのだろう。彼の左手には鍵のようなものが握られている。

「イチャついているところを邪魔して悪かったね。心配しなくても、すぐに退散するよ。その前に、これ――俺からのお礼って事で受け取ってくれ」

一臣が右手に持っていた茶封筒を開け、中に入っていたものをダイニングテーブルの上に広げた。

そのほとんどがプリントアウトされた写真で、そのほかに十数枚の書類やボイスレコーダーらしきものもある。

近づいてみると、写真はすべて一臣と女性のツーショット写真だ。中には、かなりきわどいものも含まれており、雛子は思わず目を背けそうになった。

しかし、一枚かなり大きく顔が写っている写真を見て、視線が釘付けになる。

「遥さん……？」

大口を開けて笑っている一臣と頬を寄せ合っているのは、間違いなく遥だ。しかも、二人はベッドの上で、ろくに服を着ていない状態で抱き合っている。

「これは何だ……？」

将司が、その内の一枚を手に取り、低い声で呟く。

「何って、見たままだよ。俺と遥、ずっとそういう関係だったんだよね。いつからだったっけなぁ。確か、お前と遥が結婚して半年も経ってなかったと思うよ。あの頃のお前、准教授になったばかりで、ずっと家を空けてたよな？」

一臣が得意げに言う事には、一人の時間を持て余していた遥は、ちょっと誘っただけですぐにノリノリで浮気に応じるようになったらしい。

「会うのは、たいてい俺のマンションだったけど、たまに前にお前と遥が住んでたマンションで会ったりもしてたよ」

「まさか……遥が……」

雛子はダイニングテーブルに散らばった書類を手にして、それに目を通した。

印字されているのは一臣と遥がメッセージをやり取りしている内容で、待ち合わせの約束はもとより、遥の将司に対する不平不満なども記されている。

「お前、遥をほったらかして仕事ばかりしてただろう？　だから、浮気されるんだよ。遥の事、世間知らずのお嬢さまだと思ってた？　確かにそうだけど、とてもじゃないけど品行方正ではなかったな」

一臣が、別の書類を将司のほうに近づけて、にんまりする。

「遥、言ってたよ。『許嫁だって言われて成り行きで結婚したけど、将司さんは、つまらない。一臣さんと結婚すればよかった』って。それ、レコーダーにもちゃんと入ってるから、あとで聞いてみるといいよ」

勝ち誇ったような一臣の顔に、意地の悪い笑みが浮かぶ。胸が悪くなるような暴露話に、雛子は声も出せず、動向を見守る事しかできずにいる。

「だから、地味で真面目な雛子ちゃんだって同じように思ってるんじゃないかと思ったんだ。それで、一度試しに粉をかけてみようかと――」

ガタンと大きな音がして、一足飛びに一臣に近づいた将司が彼の胸倉を掴んだ。

「貴様っ！」

将司が、今にも一臣に殴り掛かろうとする。

雛子は無我夢中で二人の間に割って入ると、一臣の頬を思いきりひっぱたいた。

「私は将司さんを愛してます！　間違っても、あなたと浮気なんかしません！」

怒りのあまり全身が震え、声が上ずる。

叩かれた一臣が、呆気にとられたような顔で雛子を見る。彼はみるみる赤くなった頬を掌で押さえると、薄ら笑いを浮かべながらボイスレコーダーに手を伸ばした。

「ふっ……いつもそうだ。昔から、お前ばっかりもてはやされて、比べられる俺はいい迷惑だったよ！　お前なんか大嫌いだったし、だから遥をたらし込んだんだ」

一臣がボイスレコーダーを操作し、録音されていた音声が流れ出した。はじめて聞く声だったけれど、きっと話しているのは遥だ。

『――一臣さん、好き……愛してる。将司さんと離婚したら、私と結婚してくれる？　もうあんなつまらない家には帰りたくないわ』

話す内容からして、声の主は遥だろう。一臣がニタニタと笑いながらうしろむきのまま部屋の入り口に近づいていく。

「これで、わかっただろう？　じゃ、もう用事は済んだから帰るよ。雛子ちゃん、じゃあね。さっきはごめんね」

一臣は、これ以上長居は禁物とばかりに、そそくさと家を出ていった。

あまりの出来事に、夫婦は言葉もなくその場に立ちすくんでいる。

きっと、将司は言葉に尽くせないほどのショックを受けているに違いない。

雛子は将司の腕に触れて、何かしら言おうとした。

しかし、知らされた事実が衝撃的すぎて、言葉の掛けようがない。そのまま立ち尽くしていると、ふいに脚から力が抜けてへたり込みそうになった。

「雛子！」

とっさに伸びてきた将司の手に助けられ、彼の胸に寄り掛かる。

将司は雛子を抱きかかえるようにしてリビングルームのソファまで連れていき、落ち着くまで背中を撫で続けてくれた。

「雛子、いろいろとすまない。すべて、僕のせいだ。あんなろくでもないやつに関わらせてしまって、本当に申し訳ない」

将司が呻くような声で謝罪し、苦悶の表情を浮かべる。

そんな彼を見て、雛子は必死になってかぶりを振った。

「いいえ、将司さんのせいじゃないです！　それだけは、間違いありません。だって、まさか従弟があんな事を――とにかく、将司さんはぜったいに悪くありません！　だから、自分が悪いなんて思わないでください」

無言で雛子を見つめる将司の顔には、困惑と焦燥が入り混じった表情が浮かんでいる。突然降って湧いたような衝撃の事実に、夫婦はともに心を乱されていた。

将司を傷付けるような真実を突き付けられた上に、雛子は一臣から将司の浮気疑惑まで吹き込まれている。

頭が嫌な情報でいっぱいになっているが、将司は妻を裏切るような人ではない。

雛子は一臣に対して、生まれてこの方抱いた事がないほど強い怒りを感じた。

どうであれ、自分は将司を信じているし、未来永劫彼を疑うつもりなどさらさらない。この先、何があっても彼を愛し、一生添い遂げてみせる。

雛子は密かに覚悟を決めると、将司の手を取ってしっかりと握りしめるのだった。

◇　◇

東伯大学で教鞭を執る者は、原則として一週間に最低二時間はオフィスアワーを設ける事が定められている。その時間は各自の研究室に常駐し、訪ねてきた学生たちの質問を受ける。

将司は毎週金曜日の午後一時二十分からの二時間をオフィスアワーとしており、その時間帯は例外なく学生たちが列をなす。

話す内容は多岐にわたり、授業内容はもちろん勉強法から将来に対する不安について相談を受ける事もあった。

対話する事によって相手の考え方を理解し、より深い信頼関係が構築される――。基本的に対話は一対一で、一度やって来た学生は二度、三度と足を運んでくれる傾向にあった。

オフィスアワーが終了したのち、将司は眼鏡を外し、デスクに片肘をついて眉間を指で押さえた。

プライベートでは無口な将司だが、教授としては雄弁だ。懇切丁寧な受け答えをしてくれるともっぱらの評判で、学生たちからの信頼も厚い。

仕事柄、対話の重要性は十分すぎるほど理解している。だが、それをプライベートでも活かしていたかと問われたら、首を横に振らざるを得ない。今でこそ夫婦間の対話を大切にしている将司だが、一度目の結婚の時は、まったくと言っていいほどそうではなかった。

(まさか、今頃になって過去の自分の不甲斐なさを思い知る事になるとは……)

常に仕事優先で、帰宅してもろくに会話する時間を持たないまま一人寝のベッドに倒れ込む――。

今思い返してみても、亡妻との会話内容を何ひとつ思い出せないくらいだ。

その結果、いつの間にか夫婦関係は破綻していた。

そして、一臣に真実を突き付けられるまで、その事にすら気づかないでいたのだ。

一臣が残していったものは、すべて目を通し、ボイスレコーダーに記録されていた音声も確認した。いずれも一臣と遥が親密な関係であった事を裏付けており、疑う余地がないものばかりだった。

その上、ご丁寧にも一臣は後日、将司のSNSのアカウント宛に遥と二人でいる時の生々しい動画まで送り付けてきた。

今頃、一臣はこちらの受けたダメージを想像して高笑いをしている頃だろう。

どうであれ、すべて自分が蒔いた種だ。

もっと遥と話す時間を持っていたら――。

今さらそう思ってもどうしようもなく、遥に対しては裏切られた怒りよりも、申し訳なかったという気持ちが先立っている。

遥は幼馴染にして親同士が決めた許嫁であり、将司は昔から彼女に対して愛情を持って接していた。将司は一人っ子だが、遥に対する愛情は妹を大切に思い、慈しむ感情に似たものだったように思う。

当時はそれが結婚する十分な理由になっていたし、だからこそ遥と結婚した。

だが、雛子と出会い、はじめて本気の恋愛を経験した。

彼女を心から愛し夫婦としての絆を深めている今、遥との結婚は間違いだった事がはっきりとわかる。

文学を探求する事で登場人物たちの生き様や喜怒哀楽を理解し、それで生身の人間を理解したつもりになっていたが、それはただの知識にすぎなかった。

そうと教えてくれたのは雛子であり、彼女と出会わなければ、おそらく一生真の恋愛を知らないまま生涯を終えていた事だろう。

（もしかすると、遥もそうだったのか？）

自分に対しては感じなかった激情を一臣に抱き、結果的に不貞行為に走ったのだとしたら……。

そうであれば、闇雲に遥を責める気にはなれない。

彼女と結婚して夫婦になったものの、気持ち的には幼馴染の頃とさほど変わらない生活を送っていた。当然、夫婦としての在り方について考える事もなく、同じ屋根の下でそれぞれの時間を過ごしていた。

だからこそ、時が経つほどに気持ちがすれ違ってしまったのではないのか。

その挙句、知らぬ間に結婚生活は破綻していた。

もし、遥と結婚する前に正しく恋愛や結婚というものを理解していたら、確実に過去は変わっていたはずだ。

ボイスレコーダーに記録されていた遥の言葉は、彼女の本音でありの叫びでもあったのだろう。

今になって悔やんでもどうしようもないが、遥には申し訳ない事をしたと思う。

（いずれにせよ、僕の落ち度である事には変わりない）

一連の出来事で、雛子は深く傷付いて動揺しているに違いない。守るべきは雛子であり、これ以上愛する妻を傷つけるような事があってはらなかった。

過去を後悔するのは、もう終わりだ。

将司は腰掛けていた椅子から立ち上がると、今後雛子にどう寄り添っていくかを模索し始めるのだった。

◇　◇

二月になり、庭に早春を告げる花が咲き始めた。

スノードロップの白と福寿草の黄色が、縁側を通るたびに気持ちを和ませてくれる。

(沈丁花の蕾、だいぶ膨らんできたなぁ。また家のあちこちに置いて、将司さんにも香りを楽んでもらいたいな)

土曜日の朝、雛子はいつものように庭を眺めながら仏間に向かった。縁側の引き戸を開けると、一気に冷えた外気が中に流れ込んでくる。

雛子は仏間の襖を開けたあと、部屋の窓も全開にして空気の入れ替えをした。

「おはようございます。今日もいい天気ですよ」

いつものように仏壇の引き出しから遥の写真を取り出し、静かに手を合わせる。

半月ほど前までは、一臣から遥との話を聞くまでは、いろいろと話しかけたりしていた。しかし、今はまだ頭が混乱しており、何を話していいかわからなくなっている。

(遥さん、いったい誰を愛していたんだろう？　将司さんじゃなくて一臣さんだったの？　だからって、どうしてあんな事を……)

思い浮かぶのは疑問ばかりだが、問いかけたところで答えは返ってくるはずもない。

あの日から雛子は事あるごとに遥と一臣の件を思い出し、物思いに耽りがちだ。

将司も、やはりいろいろと思うところがあるようで、前と同じように振る舞ってはいるが時折何かしらじっと考え込んでいる。

デリケートな問題だし、二人とも大いに戸惑って未だ茫然自失の状態から抜け出していない。殊に将司は、知ってしまった事実とどう折り合いを付けたらいいかわからない様子で、いつもより明らかに口数が少なくなっている。

疲れているはずなのに寝付きもよくないようだし、一度夢でうなされているのを見た事もあった。

遥と一臣の件は、気軽に話し合えるような話題ではないが、このまま放置できるものでもない。

知ってしまったからには、もはや将司だけの問題ではないし、この件に関しては夫婦としてきちんと折り合いを付けるべきだった。

しかし、だからといって雛子が踏み込みすぎるのはよくない。

今、雛子にできるのは、いつも以上に将司に寄り添い、見守る事くらいだった。

(すごくショックだっただろうし、何とか元気づけてあげたいんだけどな)

あれこれと考えながら朝の用事を済ませ、キッチンで朝食の用意をする。

朝はパンがいいという将司に合わせて、毎朝窓際の丸テーブルの上に並ぶのは洋風の朝食だ。

大き目のクロワッサンにポーチドエッグを添え、それに具だくさんの野菜スープをプラスする。

すでに起きて書斎で仕事をしている将司に声を掛け、二人して朝食の席を囲んだ。

庭には、昨夜降った雪がうっすらと積もっている。それを眺めながらコーヒーを飲み、他愛ない会話をしながらフォークを動かす。

「将司さん、朝からお仕事、お疲れさまです。肩、大丈夫ですか？」

将司は年間を通して大学及び大学院の入学試験関連の業務に携わっている。

一般選抜に付随する仕事は山積みで、そのせいか、いつも以上に眼精疲労と肩こりに悩まされている様子だ。

雛子は随時肩を揉んだり温タオルを用意するほか、それらの症状に効くグッズを買い込んだりして、あれこれと夫の世話を焼いていた。

「ああ、雛子が用意してくれた入浴剤入りの風呂が効いたのか、肩の凝りもずいぶん楽になったよ」

「よかった。あの入浴剤『一ツ橋商店』によく来てくれる子のお母さんが教えてくれたんです。今度またお店のイベントに来てくれるみたいなので、その時にお礼を言わなきゃですね」

一ツ橋商店では一年のうち、何度かイベントデーを設けており、そのうちのひとつが来週早々に開催される「バレンタインウィークお楽しみ抽選会」だ。

期間はバレンタインデー当日までの五日間で、来店してお菓子を買ってくれた人全員に用意したスペシャルくじを引いてもらい、商品を渡す事になっている。

「今日は、そのための準備をするんだろう？　僕も手伝うよ」

「いいんですか？」

「もちろんだ。もともと今日は雛子と過ごそうと思っていたんだ。じゃあ、やり方を教えてもらってもいいかな？」

袋に入れるお菓子は、あらかじめ万里子が決めてくれており、昨日いくつかの段ボール箱にまとめて自宅に持ち帰ってある。あとは流れ作業でラッピングしていくだけだし、ごく簡単な作業に関しては将司が手伝ってくれるから昼前には終わりそうだ。

雛子は将司の手を借りて段ボール箱をリビングルームの床に並べた。

スペシャルくじにはハズレはなく、商品はいずれも一ツ橋商店で売られているものだ。雛子はアルバイトの一環として、それぞれの賞に見合った商品を個別包装して、子供が喜ぶようにテープやリボンなどで可愛らしくラッピングする役割を担っている。

雛子は手始めに透明の食品袋を手に取り、その中に駄菓子を入れた。次に袋の上の部分を蛇腹に折り、テープで留めた上にリボンを結んで、出来上がりだ。

雛子が実際にやりながら手順を説明すると、将司が真剣な面持ちで頷く。

「これは参加賞なので、一番多く作ります。一等から五等までのものは、少し凝ったラッピングなので、私がやりますね。将司さんには、参加賞を担当してもらってもいいですか？」

「わかった」

雛子の担当分は数が少ないので、ラッピングするのにはさほど時間はかからないだろう。終わり次第将司に合流する事にして、雛子は段ボールを間に挟んで将司と向かい合わせになって床に腰を下ろした。

将司が段ボールから菓子を取り出し、配置を考えながら食品袋の中に詰めていく。

人一倍知的で頭の回転が速い彼だが、そのほかに関しては不器用といっていいほど要領が悪い事があった。

けれど、だからといって雑な事をするような人ではないし、何事にも真摯に向き合う姿は尊敬に値する。

段ボール箱の中には子供に人気の駄菓子がたくさん入っており、そのうちのいくつかは雛子が小さかった頃から売っているものもある。

祖父母と暮らした田舎にも駄菓子屋があり、近隣の子供たちは足繁くそこに通っていた。雛子もそのうちの一人だったし、祖父母にもらったお小遣いを握りしめて週に一度は駄菓子屋を訪れたものだ。

手際よくラッピングをしながら、雛子はふと二人の顔が思い浮かべる。

祖父母の顔は畑仕事のせいで年中日に焼けており、繋いで歩く手の皮膚はいつだって荒れてガサガサしていた。

生まれ育った土地を一度も離れた事がない祖母が作る料理は、昔ながらの田舎料理だ。相撲と野球が好きだった祖父は、いつも大音量でテレビ中継を見ていた。

二人の事を思い出すたびに、懐かしさで胸がいっぱいになる。

情に厚く孫を心から大事にしてくれた祖父母は、亡くなる寸前まで雛子の行く末を心配してくれていた。

もし今の雛子の暮らしを見たら、二人はどんなに喜んでくれる事だろう。そんな事を考えていたら、いつの間にか作業する手が止まっていた。ふと顔を上げると、将司が駄菓子入りの袋を手にして四苦八苦している。

「上手くいきませんか？」

「うーん……リボン結びが上手くいかなくて」

雛子は立ち上がり、将司の横に移動した。どうやらかなり手こずっていたようで、出来上がったものを入れるための箱を見ると、まだ数えるほどしか入っていない。

「すまない。僕は思っていた以上に不器用みたいだね」

「大丈夫ですよ。ちょっと待ってくださいね」

雛子は手早く自分の持ち分を終わらせると、将司の隣に移動してともに参加賞のラッピングを始めた。

ひとつやり終えるのに、将司は雛子の三倍以上の時間がかかっている。しかし、どれも丁寧に出来上がっており、不良品は見当たらない。隣にいる雛子に再度習いながら手を動かしているうちに、いくらかスピードがアップしていく。

その後、何度か休憩を挟みながらラッピングを続け、ようやくすべてのお菓子を包み終えて片付けに取り掛かる。

時計を見ると、いつの間にか昼を過ぎていた。

「お疲れさまでした。お昼ご飯、作りますね」

「いや、雛子も疲れただろう？　その前に一休みしないか？　お茶を淹れてくるよ」

将司が立ち上がり、キッチンに向かった。

雛子は彼の背中を見送ったあと、背後にあるソファに背中をもたれさせる。根を詰めて作業したから、確かにちょっと疲れた。首をぐるりと回したり肩を上げ下げしたりして凝りをほぐす。

結婚以来、何かと家事を手伝ってくれる将司だが、回を重ねるごとに上手くできるようになっている。

洗い物も、以前は食器を持つ手元も危なっかしく、皿を何枚か割った事もあった。けれど、今ではだいぶ手際もよくなり、洗った食器を水切りかごに上手く収納できるようになっている。

（ありがたいなぁ）

大好きな人が生涯のパートナーになった幸福や、ともに暮らして得る安心感。一緒にいて話すだけで何かと学びがあり、執筆のアドバイスまでもらえる。

夫婦になって、もうじき一年半になるが、雛子が夫から受けた恩恵は計り知れない。それらに見合った恩返しはできなくても、自分といて少しでも将司のプラスになる事があれば、これ以上嬉しい事はなかった。

段ボール箱の中には、まだ駄菓子がいくつか残っている。もともと多めに入っていたし、余った分は食べていいと言われていた。

将司がキッチンから戻ってきて、二人してソファに並んで腰かける。

雛子は駄菓子を取り出してソファの前にあるテーブルの上に並べた。

「万里子さんが残りは食べていいって言ってくれたので、ちょっと食べませんか？」

雛子が勧めると、将司がにっこりと微笑んで小袋に入ったラムネに手を伸ばした。

封を開けてラムネを口に入れると、彼がホッとしたような表情を浮かべる。

「かなり久しぶりに食べるけど、昔と同じ味だな」

雛子は頷きながら薄焼きのミルクせんべいを手に取ったあと、思い立ってキッチンに向い、冷蔵庫から練乳を出してテーブルの上に置いた。

「これ、挟んで食べると美味しいんですよね」

雛子がミルクせんべいに練乳を塗るのを見て、将司が目を丸くする。

「練乳を挟むのか？」

「そうですよ。やった事ありませんか？」

「ああ、なかった。ミルクせんべいはしょっちゅう買っていたけど、挟むのはチョコレートソースかキャラメルソースだったから」

聞けば、将司が挟んだというソースはいずれも海外で製造されたこだわりの逸品のようだ。

さすが良家の子息――。

しかし、思いがけず彼は練乳を挟んだミルクせんべいに興味津々の様子だ。

けれど、雛子にとっては安価な練乳を挟むのが定番の食べ方だった。

「よかったら食べてみますか？」

雛子がミルクせんべいを差し出すと、将司が礼を言ってそれをひと口食べた。

「ん？　これは……美味しいね。キャラメルソースほどしつこくないし、チョコレートソースよりもストレートな甘さだ」

将司が二枚、三枚とミルクせんべいをおかわりしたあと、雛子は彼にイカを甘辛く煮た駄菓子に手渡した。

「甘い駄菓子を食べたあとは、これが定番ですよ。亡くなった祖母もこれが好きで、ちまちま齧りながら渋いお茶を飲んでました」

「なるほど。確かにお茶に合いそうだ」

将司がそう言ってイカの駄菓子を食べ、お茶を飲む。

満足そうな顔をする彼を見て、雛子は心から嬉しくなって頬を緩めた。

「いいですね、こういうのって。一緒に同じものを食べて、昔の話をして……。ほら、よくあるじゃないですか。縁側で仲のいい老夫婦がお茶を飲みながらのんびりする感じです。……って、ご、ごめんなさい」

雛子は急に照れて、顔を赤くする。

自分たちはまだ若く、老夫婦になるのはまだ何十年も先の話だ。それに、仲のいい老夫婦だなんて、自分勝手な妄想にすぎない。

下を向く妻の顔を覗き込むと、将司が微笑みながら首を傾げた。

「どうして謝るんだ？」

「えっ……と……。何となく？　だって将司さんはまだ若いし……それに――」

雛子が口ごもると、将司がうつむいた顎を指をかけ、そっと上向かせてきた。

目が合い、雛子はいっそう頬を染めてもじもじする。

「何も謝る事はない。僕も雛子と同じ事を考えていたし、このまま雛子と幸せに暮らして、一緒に年を取って仲のいい老夫婦になれたらいいと思ってるよ」

じっと目を見つめながらそう言われて、雛子はパチパチと目を瞬かせた。

「本当ですか？」

「もちろん、本当だ。結婚する前は別々の人生を生きてきたけど、僕たちはもう夫婦だ。この先も同じ道を歩み、一緒に今のような何気ない日常を暮らし、ともに年月を重ねていく。そう考えるだけで、心が幸せで満たされるよ」

話し終えた将司の顔が、ゆっくりと目前に迫ってくる。驚いて目を見開いたその時、二人の唇がぴったりと重なった。

もう何度となく唇を合わせているのに、将司とキスをするたびに夢心地になる。

日々いろいろな事があるが、彼とならすべて乗り越えていけるに違いない。

「お昼ご飯、僕も一緒に作るよ。たぶん、足手まといになるとは思うけど、やらせてもらえるかな？」

キスを終えた将司が、雛子にそんな提案をする。

一臣と遥の一件があって以来、彼は今まで以上に夫婦の時間を増やすよう心掛けてくれいているみたいだ。

何気ない、そんな気遣いが嬉しくて、雛子は快く承諾して将司と二人してキッチンに向かった。

将司の家事能力の低さは多少改善されているものの、料理に関してはまだまだおぼつかない事だらけだ。けれど、彼が執筆のサポートをしてくれているのと同じで、キッチンでは雛子が将司の手助けをすればいいし、そうしているうちに少しずつでも上手くできるようになれば何も問題はない。

そうやって支え合い、補い合ってこそ夫婦だし、将司の役に立つ事が雛子の喜びでもあるのだ。

その日の夜、いつものように一足先にベッドで横になっていた雛子は、一人にやけながら昼間のお菓子作りの事を振り返っていた。

（将司さん、前よりはだいぶ伊達巻の作り方が上手くなったなぁ）

雛子の作る伊達巻が大好物の将司は、かねてより自分でも作れるようになるために練習を重ねている。忙しい合間を縫っての事だし、焦げやすいだけに難易度も高い。もとよりちゃんとできるようになるには、かなり時間がかかるだろうと見込んでいた。

上手くなったとはいえ、将司の作る伊達巻はまだまだ完璧にはほど遠い出来だ。けれど、回を重ねるごとに多少なりとも手際はよくなっているし、何より二人してキッチンに立つのが楽しくて仕方がない。

（そうだ、いい加減将司さん専用のエプロンを買わないと）

これまでは、間に合わせで雛子のものを彼に貸してあげていた。けれど、背の高い彼が着けるには、雛子のエプロンは小さすぎる。

「買うなら、やっぱり胸当てのついたやつのほうがいいよね。でも、腰から下だけのカフェエプロンも似合いそう。うーん、どっちがかっこいいかなぁ」

雛子はゴロゴロと寝返りを打ちながら、様々な種類のエプロンを身に着ける将司を想像する。

シェフのようないでたちや、ソムリエ風のコスチュームなどなど、いろいろと妄想を繰り広げているうちに、ニヤニヤ笑いが止まらなくなった。

（それにしても、今日の将司さん、いつも以上にスキンシップを取ってくれたな。この調子なら、近いうちに赤ちゃんが来てくれるかも……なぁんて）

二人きりの生活に戻った今、二人は改めて妊活に取り組んでいる。

まずは、正しい知識を得て、準備万端整える――。

将司は積極的に妊娠や出産に関する知識を深めようとしてくれており、雛子も身体を整えるために自宅でできる手軽なストレッチを始めた。

念のため、二人してブライダルチェックを受けたところ、双方ともまったく問題はなかった。あとはコウノトリが来てくれるのを待つだけ――。

そんな事を考えているうちに、自然と顔がぽかぽかしてきた。

（私ったら、何だか恥ずかしい……）

雛子が横になりながら頬に掌を当てていると、廊下を歩く音が聞こえてきて、将司がベッドルームに入ってきた。

雛子はとっさに起き上がり、ベッドの上に正座して将司を迎えた。

「まだ起きていたのか。……どうした？　正座なんかして」

「え？　あ……いえ、別に何でもありません。今日は、何かとお手伝いをしてもらって、いろいろとお疲れさまでした」

正座したまま頭を下げているうちに、将司が隣のベッドまでやってきて雛子と向かい合わせに腰を下ろした。

「普段やり慣れない事をすると脳みそが活性化するし、いいリフレッシュになったよ。おかげで、午後の仕事も集中して取り組めたよ」

「それはよかったです。そうだ、近々将司さんのエプロンを買いに行きませんか？かっこいいエプロンを身に付けたら、グッと腕が上がるかもしれませんよ」

「いいね。そうしよう。」

将司が、微笑みながら相槌を打つ。話し合った結果、来週末に一緒に将司用のエプロンを買いに行き、何かしら一緒に料理を作る事が決まった。

「昼間もそう思ったけど、雛子は僕のために、いろいろと考えてくれているんだね。本当にありがたいよ」

「将司さんだってそうじゃないですか。妊活にいいっていう食材を買って来てくれたり、普段の下着をボクサー型からトランクス型にしてくれたりして――」

さっきまで子作りの事を考えていたからか、料理の話からいきなり妊活の話題に持ち込んでしまった。

脈略はなくはないが、いくら何でも話が飛びすぎだ。これでは、夜更かしをしてまで何を考えていたのかバレバレだ。

雛子はバツの悪そうな顔をしていると、将司がおかしそうに表情を崩した。

「妊活には、締め付けはよくないからね。それくらい当たり前だよ。雛子、お互い焦ったりプレッシャーを感じたりしないよう、自分たちのペースで妊活を進めていこう」

「はい」

子作りに関しては、とりあえず自然に任せようと決めたし、今もそのスタンスは変わらない。二人はしばし見つめ合い、同時ににこやかな笑みを浮かべた。

「雛子。寝る前に少し話してもいいかな？　いや、ちょっと長くなるかもしれないが」

「もちろん、いいですよ」

返事を聞いた将司が、自分のベッドを離れ、雛子のすぐ横に腰を下ろした。

「遥の事では、雛子にずいぶん気を遣わせてしまったね。僕もかなり驚いたし、正直、まだ混乱してる。……だけど、僕には雛子がいる。いつもそばにいてくれる雛子のおかげで、もう自分は大丈夫だと思えたんだ」

「私のおかげで……？」

オウム返しに訊ねる雛子を見て、将司がふっと笑い声を漏らした。彼の顔には、この上なく穏やかで優しい表情が浮かんでいる。

「そうだよ。雛子のおかげで、僕は大丈夫だと思えた。雛子が常に僕を見守ってくれているのがわかっているから、頭の中が混乱していても、すぐに心の落ち着きを取り戻す事ができたんだ」

将司が雛子の身体を抱き寄せ、肩にそっと手を置く。

雛子は、その上に自分の掌を重ねて、彼の肩に頭をもたれさせた。

「むろん、一臣から聞かされた事はショックだったし、まだ何かと理解が追い付かないままだ。だけど、今回の件でいろいろと気づかされたし、これをきっかけに、きちんと過去と向き合ってけじめを付けるべきだと強く思ったんだ」

将司は、彼がまだ幼かった頃に遥と出会った時の事から、彼女と結婚して死別するまでの心の在り方について語った。

「僕と遥は仲のいい幼馴染見同士だった。その二人が結婚して夫婦になったんだから、自分たちを含め周りも皆きっと上手くいくと思い込んでいた。だけど、考えてみれば僕と遥は恋人同士だったわけじゃない。お互いに好意は持っていても、それは男女の愛じゃなく、友愛だったんだと思う」

世の中には二人と同じように幼少期に出会い、生涯仲睦まじく暮らす夫婦もいる。

しかし、不幸にも将司と遥は結婚によって良好だった関係性が崩れ、結果的に破綻する事になってしまったのだ。

「僕と遥は、自分たちの結婚についてきちんと考えた事がなかった。少なくとも僕はそうだったし、ただ予定されていたとおり遥と夫婦になって、話し合いをした事が一度もなかった。言われるままに夫婦になったけれど、それぞれの生活パターンは変わらないままだった」

将司は結婚する前よりも忙しく仕事に打ち込む日々を送り、遥も独身時代の生活を変える事はなかった。

「結婚生活は破綻していたのに、僕はまったくそれに気づかないままだった。いずれにせよ、一臣との事がなくても、遥は僕と夫婦でい続ける事はできなかったと思う。僕は夫として失格だったし、遥に不貞を働かせた責任の一端は、僕にある」

将司は、きっぱりとそう言いきり、苦悶に満ちた表情を浮かべる。

雛子はとっさに彼の身体に腕を回し、無言で強く抱きしめて、首を横に振った。

「将司さんだけ責任があるわけじゃありません。どんな理由があるにせよ、間違った選択をしたのは遥さんだし、そもそもどんな理由があろうと、夫を裏切る行為をするなんて、ぜったいにダメです」

将司を想うあまり考え方が偏ってしまっているかもしれないし、明らかに感情的になりすぎている。

けれど、それが彼の妻としての率直な思いだし、将司と遥に関してはどちらか一方だけが悪いなんて事はありえない。

「夫婦って二人三脚だっていうし、問題があるならとことん話し合うべきです。もちろん、最初からそうできる夫婦はなかなかいないと思います。でも、私は将司さんとならどこまでだって行けます。もし将司さんが話してくれないなら、話してくれるまで待ちますし、話してもらえるよう努力します。だって、将司さんが好きだから――」

そこまで言って、雛子はハタと気がついたように、顔を上げて将司を見た。

そして、彼の身体に回した腕に、改めて力を込める。

「私、将司さんを心の底から愛してるし、何よりも大切に思っています。これですよ！　この気持ちがあれば、無敵なんです。本気で相手を愛しているなら、裏切るなんてできっこないんです」

気持ちが逸るあまり、自然と早口になってしまう。

本気の愛があれば、間違っても浮気なんかしない。だとしたら、遥の将司に対する気持ちは、その程度だったという事だ。

しかし、それをストレートに伝えれば、将司を傷付けるのではないか——そう思い、言いかけた言葉を飲み込んで、一度口を閉じた。

「えっと……何が言いたいのかっていうと——」

「わかってる。言わなくても、雛子の言わんとしている事は、ちゃんと伝わってるよ」

将司が雛子の頬に掌を添えて、笑みを浮かべた。

優しくて穏やかないつもの笑顔を見て、雛子はホッとして彼を抱きしめる腕を緩めた。

「雛子の思っているとおりだと思うし、そうとわかっても、不思議なほど心は動かないんだ。遥との結婚は、きっとお互いにとって正解じゃなかった。今、僕が言えるのは、雛子を全身全霊で愛している今が、すべてだという事だけだ」

「将司さんっ……」

雛子はベッドの上で膝立ちになり、将司の肩から上を胸に抱き寄せた。

「私、将司さんにもっと愛されるよう頑張ります。将司さんが安心できるよう、もっと妻として人として成長できるよう努力しますね。何があっても支えられるように、もっと――」

ギュッと抱きしめられ、話す声が途切れた。

雛子の全身を包み込む将司の腕の力が、徐々に強くなっていく。自然と身体から力が抜けていき、深い安堵のため息が零れる。ぐったりと腑抜けたようになった雛子を、将司が優しくベッドの上に寝かし付けてくれた。

「ありがとう、雛子」

将司が囁き、雛子の隣に寄り添うようにして横たわる。

「私こそ、ありがとうございます」

見つめ合う二人の心が重なり、互いへと溶け込んでひとつになる。

夫婦はどちらともなく唇を寄せ合うと、互いに対する想いを込めたキスを交わすのだった。

第三章　嵐のあとの晴天

三月最後の金曜日に「カッコウ児童文学新人賞」の結果が発表された。

応募総数二百五十三作品。

そのうちの十三作品が二次選考に残り、雛子の書いたものも、その中に入っていた。

しかし、最終選考を通過できず、残念ながら「大賞」はもちろん「佳作」や「編集部賞」など、いずれも受賞できずじまいだった。

返された講評には「ストーリーは面白いが、文章がややくどく、テンポが悪い」と書かれていた。

「やっぱり、まだまだですね……。講評で書かれている事も、そのとおりだと思います」

以前「プロを目指す児童文学講座」を受講している時に将司からも言われた事があるが、雛子は文章を書き込みすぎる傾向にあった。

字数制限がある中、調整はしたつもりだったが、今思えば削るべきところを間違えたみたいだ。

「だけど、二次選考には残れたんだ。それを糧に、次の作品に取り掛かろう」

「はい」

将司に励まされ、雛子はがっくりと項垂れていた顔を上げて頷いた。

提出する前に自分なりにブラッシュアップを重ねて、納得して応募した作品だった。受賞は逃したけれど、はじめての応募にしては健闘したのではないだろうか——。

そう思うものの、やはり受賞できなかったのはショックだった。

自分の実力を過大評価しているわけではないが、将司に師事していた生徒として、彼に申し訳ないという気持ちが大きかったのだ。

「将司さんの講座を受けていたのに……。やっぱり、最終チェックをしてもらったほうがよかったのかもしれませんね」

将司には、書き上げるまでに何度か相談に乗ってもらっていた。けれど、自分のありのままの実力を知ったほうがいいと考え、ブラッシュアップは雛子のみで行ったのだ。

「僕も、もう少し時間を取ってチェックできたらよかったんだが……。次に書くものの題材とか、テーマは決まっているのか?」

「いいえ、まだ何も。書きたいという気持ちはあるんですけど、ちょっと迷走してるというか……。アイデアを思いついても、その先に繋がらなくて」

日頃から物語のアイデアや、思いついたフレーズなどをスマートフォンのメモアプリに書き込んでいる雛子だが、気が付けばもうふた月近くそれを開いていないのに気付いた。

「そうか。いろいろとあったから気持ち的にも余裕がなかったんじゃないかな。雛子は書く力はあるんだ。一度、児童文学以外のものにも目を向けてみるのもいいかもしれないね」

将司の言うとおり、一臣の同居もあって、じっくり腰を据えて物事を考える暇がなかったように思う。

「とにかく、あまり焦らず、ゆっくり考えるといい。相談なら、いつでも乗るから遠慮なく言ってきてくれ」

「児童文学以外のもの……」

そういえば、以前思い立って絵本を書き始めた。将司に話そうと思いながらも、一臣の事があって言わないままになってしまっていたのだ。

「将司さん、実は今、絵本を書き始めているんです。まだ時間がかかりそうだし、文字数が少なくて対象年齢が低いだけに難しいです。でも、言葉選びをしながら挿絵を描くのが面白くて」

「そうか。それはいいね」

書きかけの絵本について説明すると、将司は雛子の決断を評価し、喜んでくれた。

「創作意欲が湧くのは、とてもいい事だ。これからはジャンルにこだわらず、書きたいものを手掛けていくといい」

将司のその言葉が、雛子の心を軽くした。

言われてみれば、知らず知らずのうちに児童文学という枠にこだわっていたのかもしれない。

雛子は彼のベストタイミングな助言に感謝しつつ、新たに制作意欲が湧くのを感じるのだった。


新年度が始まって最初の月曜日、雛子の妊娠がわかった。

タイミング的に、できたのは一臣との同居を解消して間もなく経った頃だろう。毎月のものが遅れているのに気付き、さっそく妊娠検査薬を買って来た結果、見事陽性反応が出たのだ。

すぐに目星を付けておいた産婦人科に駆け込み、無事妊娠三カ月である事がわかった。その足で区役所に母子手帳をもらいに行き、妊婦としてお墨付きをもらったような気分で帰宅した。

妊娠が確定して、夫婦は文字どおり手に手を取って喜びを分かち合い、今はお腹に宿った新しい命のためにいろいろと準備に取り掛かっている。

「将司さんに似た、賢くて可愛らしい子が生まれますように」

雛子は連日天に向かってお願いをすると同時に、お腹の中での健やかな成長を祈った。

「うーん、今日もいい天気」

四月中旬の週末、雛子は縁側を歩きながら、すっきりと晴れ渡る空を見上げた。

昨夜少しだけ降った雨が残っているのか、庭の草木がキラキラと輝いている。

ついさっき庭で摘んだ数種類の花を活けた花瓶を片手に、縁側のガラス戸を開けたのちに仏間に入った。

襖を開けると、部屋の中に外の空気が一気に流れ込んだ。

時刻は、午前八時。

雛子は仏壇の前に座り、朝の挨拶をしながら線香に火を点けて手を合わせた。

まだ妊娠初期であるため、周りに公表するのはもう少し先にするつもりだが、仏前ではすでに報告を済ませている。

用事を済ませて立ち上がろうとした時、ふと仏壇の引き出しに視線を向けた。

そっとそこを開けて、中を見つめる。

以前は、そこに遥の遺影が入っていたが、今はもうない。

三カ月ほど前、一臣が遥との関係を暴露して、この家をあとにしたひと月経ったある日の事――。

一臣が突然、遥の実家を訪れて、彼女の両親に彼らが知らなかった事実を包み隠さず話したらしい。

驚いた遥の両親は最初こそ本気にしなかったようだが、将司と同じ証拠を突き付けられ、信じざるを得なくなってしまった。

それらの話は、先月のはじめ遥の両親が二人揃ってここを訪ねてきた時に聞いた話であり、彼らは将司に対して謝罪するとともに、将司の最初の結婚について姻戚関係の終了を申し出てきた。

『親として、きちんとけじめを付けさせていただきたい』

遥の父親は娘の不貞を繰り返し将司に詫び、今後の法事などはすべて自分たちで行うとして、位牌や遺影など遥に関するすべてものを引き取っていったのだ。

遥の母親が言葉少なに語った話によると、一臣は彼らを訪ねた際に、不貞の事実を盾に金銭の要求をしたらしい。

『僕が遥さんと不倫していた事がバレたら、世間は何て思うでしょうね？　黙っていてあげてもいいですけど、それ相応の金額は用意していただかないと』

遥の実家は由緒正しい家柄であり、遥の不倫が公になれば家の名に傷がつくのは必須だ。しかし、遥は亡くなっているし、本当のところはどうかわからない。その上、彼女の父親は人一倍曲がった事が嫌いな人だった。

当然、そんな馬鹿げた主張など受け入れられるはずもなく、要求を拒まれた一臣は夫婦に脅迫めいた暴言を吐き、遥の父親と揉み合いになって怪我まで負わせたようだ。

その後、将司が親戚を通じて一臣の現況を探ったところ、彼は自身の実家から現金や貴金属類を持ち出して行方をくらましていた。

おそらく、金銭的な逼迫は現在も解消されていないのだろう。

コソ泥のまねごとまでしたとなると、以前あると言っていた預貯金の存在も嘘だったのかもしれない——。

そんな憶測を裏付けるように、後日正一郎が一臣が今どうしているかを教えてくれた。それによると、彼はかなり大規模な詐欺事件を起こして警察に掴まり、裁判の末つい先日刑務所に収監されたらしい。あきれ果てた両親からは絶縁を言い渡され、一族の者も誰一人として彼に同情する者はいない状況のようだ。

（一臣さん、いったいどうしてこんな事に……）

将司と一臣、そして遥――。

空っぽになった引き出しを閉めると、雛子はもう一度仏壇に手を合わせてから、ゆっくりと立ち上がった。

将司が遥と出会い、結婚して死別するまでの期間は二十八年にも及ぶ。

それに比べて、雛子とはようやく四年経ったところだ。しかも、最初の二年はまともに話す機会がないまま過ぎてしまっている。

以前は、密かにそれを気にした事もあった。

けれど、自分たち夫婦には、これから先もっと長い間を寄り添って生きていく未来がある。いつまでも過去に囚われていてはいけない。

きっとこれからもいろいろな事があるだろうが、二人で乗り越えていけると信じている。

キッチンに行くと、将司が朝食をダイニングテーブルの上に並べてくれているところだった。

「雛子、飲み物はオレンジジュースでいいかな？」

「はい、お願いします」

一ツ橋商店のバレンタインイベントが無事終了した数日後、夫婦は揃って商店街に出かけていき、将司用のエプロンを買った。

その後は予定していたとおり、夫婦揃ってキッチンに立ち、一緒に比較的簡単な料理を作った。将司がいつも以上に熱心だったのは、妊婦になった雛子を気遣っての事だ。

「これからお腹が大きくなると、キッチンに立つのもたいへんになるだろう？　つわりやお腹の張りの心配もあるし、料理以外の事も僕だけでできるようにしておかないとね」

将司はそう言って、これまでは雛子があえて頼まなかった家事を率先してやってくれるようになっている。

もともと家事能力が高くない上に、慣れない事をしようとしているのだ。当然失敗も多く、いくつかの調理器具が壊れ、掃除の途中でフローリングの床が凹んだり傷ついたりしてしまった。

しかし、それもご愛敬だ。

将司は何をするにしても雛子のためを思い、一生懸命にやってくれている。

妻思いの将司は、家事をやる事によって雛子が楽になるのが嬉しくて仕方がない様子で、失敗を繰り返しながらも少しずつだが家事全般を上手くこなせるようになっている。

不器用さを真面目で実直な性格でカバーしていく将司を見るにつけ、雛子は彼の人間性に惚れ直し、夫婦でいられる事のありがたみを感じた。

「さあ、座って」

将司が雛子のために椅子を引き、夫婦はダイニングテーブルに着いて朝食を食べ始める。

ワンプレートに載っているのは、焼きたてのスコーンとオムレツ、バナナの輪切りに温野菜だ。

「せっかく火にかける直前まで雛子に見てもらってたのに、オムレツがちょっと硬すぎるんだ。雛子が作る、ふわふわのオムレツとはほど遠い出来上がりだな」

将司がすまなそうに、少し焼き目がついたオムレツをフォークで切り分ける。

ひと口食べてみると、なるほどオムレツにしてはかなり熱が通り過ぎていた。

けれど、雛子にしてみれば、将司が愛情を込めて一生懸命作ってくれただけで百点満点の出来上がりだ。

「これじゃ、完璧な伊達巻を作れるようになるのは、まだまだ先の話だな」

将司が、以前の失敗を思い出して渋い顔をする。

真っ黒に焦げた苦い伊達巻――。それも、夫婦の大切な思い出のひとつだ。

雛子は、にっこりと微笑みながら、オムレツをひと口口に入れた。

「でも、味に関してはちゃんと美味しくできてるし、ずいぶん進歩してますよ」

「確かに。前は外側が焦げて、中がどろどろだったからね」

「その代わり、バナナの輪切りは完璧ですよ。それに、温野菜の火の通り具合もバッチリです」

食べている間も、将司はオレンジジュースを継ぎ足してくれたり、ケチャップを取ってくれたりと、かいがいしく世話をしてくれる。

「将司さんったら、まだお腹はペタンコだから、そんなに気を遣ってくれなくてもいいですよ」

「そうか？　だけど、妊娠中期に入るまでは、いろいろと心配で――」

この頃では雛子に習ってパソコンの使い方を覚えた将司は、雑誌はもとより様々な専門サイトを閲覧して妊娠や出産に関する知識を深めている。

「それに、今からこんなに甘やかしてもらっていると、運動不足になりそうです。それに、新年度が始まったばかりだし、休みの日くらいゆっくりしてほしいです」

大学教授が多忙である事は、事務局に勤務していた頃から知っていた。

けれど、将司と結婚してから、彼の仕事量の多さには改めて驚かされてしまった。

大学教授としての仕事のほかにも文学関連の番組監修や講演。翻訳や執筆などがあり、常に何かしらの仕事を抱えている状態だ。

「運動不足になると困るし、甘やかすのはほどほどにしよう。その代わり、僕のお願いもひとつ聞いてもらってもいいかな？」

ふいに真顔でそう言われて、雛子は口の中のものを急いで飲み込んで、居住まいを正した。

「はいっ、何でしょうか？」

「そんなに、かしこまらなくてもいいよ。お願いというのは、今みたいに僕に対して敬語を使ったりするのは、ナシにしようって事なんだ」

「敬語……なし、ですか？」

「そうだ。結婚二年目だし、もうじき子供も生まれる。いつまでも敬語じゃ、何だか他人行儀だろう？」

言われてみればそうだが、大学の事務局時代からずっとそうだし、講師と生徒だった事もあり、もはやそれがスタンダードになってしまっていたのだが……。

「うーん、言われてみれば、確かに他人行儀かもしれないですね」

「そうだろう？　じゃあ、さっそく今から敬語はナシにしよう」

「い、今からですか？」

「そうだよ。善は急げと言うからね」

将司がパンと手を叩き、それを合図に敬語はナシになった。

当然、慣れないから、ものすごく照れる！

けれど、将司の言うとおりだし毎日あれこれと話しているうちに、慣れていくしかないと腹をくくる。

「どうせなら、二人きりの時だけでも名前を呼び捨てにしてみる？」

将司にそう言われて、雛子は即首を横に振った。

夫であり、尊敬する師でもある彼を、呼び捨てにするなんてできる気がしない。

「さん」付けのままでいい――。

そう考えたものの、なぜか今さらのような質問が頭に思い浮かんだ。

ふいに黙り込んだ雛子を見て、将司が微笑みながら視線を合わせてきた。

「どうかした？」

「えっと……ちょっと気になったというか、聞きたい事があって……」

もじもじする雛子のすぐ横に椅子を移動させると、将司が頬に掛かる髪の毛を耳のうしろに掛けてくれた。

「何を聞きたいのかな？」

優しく問われて、雛子は独り言のような声のトーンで呟く。

「遥さんは、将司さんの事を何て呼んでいたんですか？」

言ってしまってから、今さらながら気まずさを感じて口を噤む。

将司の一度目の結婚については、彼からいろいろと話を聞き、自分の中で折り合いを付けたはずだった。それなのに、どうして今になってそんな事が気になってしまったのか……。

「ご、ごめんなさい。変な質問をしてしまいました」

雛子が頭を下げると、将司が指先でうつむいた顎をすくい上げた。

「謝る事はないし、変な質問でもない。それと、敬語はナシだよ」

「あっ……ごめんなさ――」

顎を持たれたまま指先で唇を押さえられ、その先が言えなくなる。

困り顔をする雛子を見て、将司が両方の眉尻を下げて微笑みを浮かべた。妻を見る将司の顔は格別に優しく、目は慈しみに溢れている。

「遥については、出会ってから結婚するまでの経緯は話しても、彼女自身の事はほとんど話さないままだったね。雛子にとって聞きたくない話なんじゃないかと、勝手に考えてた。だけど、もし雛子が知りたいと思う事があるなら、何でもいいから遠慮なく聞いてくれていいよ」

「……何でも？」

恐る恐る訊ねると、将司がこっくりと頷いて、じっと目を覗き込んでくる。

雛子は彼の言葉に勇気を得て、ゆっくりと口を開いた。

「私は、逆に遥さんについて将司さんに訊ねるのは、何となく悪いような気がしていました。でも、そうじゃないなら、聞きたい事がいくつか……。敬語なしにするのは、質問を終えてからにしていいですか？」

「いいよ。この際だから、ぜんぶ言ってごらん。ちなみに、さっきの答えは『まーくん』だ。小さい頃からそう呼んでいて、結婚後もずっとそうだったよ」

「『まーくん』……。じゃあ、将司さんは、遥さんの事を何て呼んでたんですか？」

「子供の頃から、ずっと『遥ちゃん』だったよ。結婚してからもそうだったな」

「一臣さんは、遥さんの事を呼び捨てで呼んでましたね」

「そうだね。あの二人は、ずいぶん早い段階から、お互いに下の名前を呼び捨てで呼び合っていたから」

「三人とも幼馴染だったなら、遥さんと一臣さんが許嫁になるっていう話にはならなかったんですか？」

「そういう話は聞いた事がなかったが、おそらく、遥のご両親や親族が、同じ宮寺なら本家筋と姻戚関係になったほうがいいと判断したんだと思う」

将司の父親である正一郎は宮寺家の長男で、一臣は彼の弟の子供だ。

時代は変わってきているけれど、まだまだ家柄を重んじる風潮は根強く残っている。雛子がいた田舎ですらそうだったし、ましてや由緒正しい家系の人たちのこだわりは相当のものなのだろう。

「ほかに質問は？　思いついた事は何でも聞いてくれていいよ」

言いながら立ち上がった将司が、妊婦にいいと聞いて買って来てくれたハーブティーを淹れてくれた。

ハーブティー用の茶器は透明なガラス製だ。まだ扱いなれていないせいか、注意深く扱っていても、やたらとガラスがぶつかる音がする。

その、おっかなびっくりな様子が愛おしくて、雛子は席を立って将司の手伝いを始めた。

「先に言いますね。……こんな質問、本当に馬鹿みたいだし、自分でも聞いてどうするんだって思います。だけど、ふとした時に考えてしまうんです。それに、答えを聞かなきゃよかったたって後悔する事になるかもって……」

いささか前振りが長すぎるし、こんなふうに言えば、将司がいろいろと気を回して本来の答えを聞けない可能性が高い。

そうとわかっていても、いつまでもウジウジと考えている自分が情けなくて、つい言い訳のような言葉を言ってしまった。

「いいよ。……雛子が聞きにくい事を頑張って聞いてくれるんなら、僕は夫として誠意をもって質問に答えるよ」

将司が言い、改めて雛子に向かって微笑みかけてきた。

淹れ終えたハーブティーを二人してダイニングテーブルに運び、席に着く。

ハーブティーをひと口飲んだ雛子は、膝の上に置いた手をギュッと握りしめた。

「じゃあ、聞きますね。……将司さんは、遥さんとの間に子供……ほしかったですか？」

言い終えるなり、唇を固く閉じて将司をまっすぐに見つめる。彼は少し考えるような顔をしたのちに、神妙な面持ちで口を開いた。

「僕は、結婚したら子供を持つのは当たり前の事だと思っていた。それが宮寺家の嫡男として果たすべき役割だと考えていたんだ。だけど、正直なところ、遥との間に子供を持つ事は現実的じゃないと感じていた」

そう話す将司の声は落ち着いており、目を見ても彼が正直な気持ちを語ってくれているのだとわかる。

雛子は黙ったまま彼の目を、見つめ続けた。

将司も雛子の目を見つめ返し、言葉を選ぶように、また話し始める。

「それは、機能的な問題があったからだけじゃなく、彼女自身が子供のような人だったからだ。だから、たとえ子供を産む事ができたとしても、育てるのには向かなかったんじゃないかと思う」

将司が訥々と語る事には、遥はよく言えば無邪気で、いつ何時も自分の感情を優先させる傾向にあったらしい。時間ごとに気分のむらがあり、行動は常にそれによって左右される。

それは遥の持って生まれた資質と、両親から蝶よ花よと育てられた環境によるものだったのかもしれない――。

責任を感じた彼女の両親は、遥をそんなふうに育ててしまった事を将司に詫びた事があったようだ。

「遥とともにいようとするなら、それを許容する心の広さが必須で、そのせいか彼女には友達と呼べる人が極端に少なかった。僕は昔から遥の性格は知っていたし、そんなものだと思って付き合ってきた。彼女の両親は、僕なら遥を託せる――そう思ったから、僕との結婚を望んだんだと思う」

実際、遥の自分本位な性格や行動には両親ですら手を焼いていたようで、二人が結婚した時には心底ホッとした様子を見せたらしい。

「前も言ったとおり僕は子供が大好きだし、雛子との子供なら何人でもほしいと思っている。子供を作ったなら、その命に責任を持ち、愛情をかけて育てなければならない。それを踏まえて考えると、雛子の質問には『ほしくなかった』が答えになる」

雛子が知る遥は、彼女のほんの一部だ。

だからこそ、余計な想像を膨らませたり、嫉妬したりしたのだろう。

雛子は、将司の話を聞きながら、ようやく遥の人となりを理解できたような気がしていた。

「回りくどい言い方で、すまない。だけど、結婚する前に子供は望めないとわかっていたし、当時はそこまで考えた事がなかったものだから」

将司と遥が結婚するにあたり、二人は当然の流れとしてブライダルチェックを行った。その結果、遥に機能障害があると判明したのだが、将司は彼女と話し合い、それは自分たちだけの秘密にしようと決めて、実際にそうした。

「回りくどくなんかありません。詳しく話してくれて、ありがとうございます。私こそ、くだらない事を聞いて、ごめんなさい」

「くだらないなんて思ってないよ。もし、立場が逆なら、僕も同じように気になって、雛子に質問をしていたかもしれないしね」

将司が雛子の手を取り、指を絡めてくる。

ごつごつとした感触が、とても心地いい。

掌が重なり、雛子は自分からも指を絡み付かせた。

「だから、周りの人に『子供は好きじゃない』って言ってたんですね」

「そうだ。僕は、子供は望めないとわかった上で遥と結婚した。当時の僕にとって、彼女との結婚は決定事項だった。だが、わざわざ真実を明かして周りから何だかんだと言われるのは本意ではない。だから、人から夫婦が子供を持たない理由を聞かれた時の答えに、一番単純でわかりやすい『子供は好きじゃない』という嘘を用意したんだ」

「そうだったんですね」

将司の話に、雛子は納得して何度となく首を縦に振った。

「……僕は、僕なりに彼女を愛していたし、だからこそ結婚した。だけど、今僕が雛子に対して感じている愛とは、明らかに違う。雛子への想いは制御が効かない激情だが、それを考えると、遥に対する愛は兄妹愛に近いものだったんだと思う。たぶん、遥もそうだったんじゃないかな」

話し終えた将司が、ハーブティーのカップに口を付ける。

いろいろな事があったけれど、自分たちは今夫婦としてこの家にいる。

それが、すべてだ。

夫婦は笑顔で見つめ合い、どちらともなく手を強く握り合った。

これでまた、一段と絆が深まったような気がする。

「じゃあ、もう敬語はこれでナシにします」

雛子は、将司を真似てパンと手を叩くと、すーっと深く息を吸い込んで、ゆっくりとそれを吐き出した。

そして、将司と正面から目を合わせながら、ゆったりとした笑みを浮かべる。

「私、ずっと遥さんに嫉妬してたの。意味のない感情だってわかってたのに、自分ではどうしようもなくて、いつも頭の隅に遥さんがいて。でも、もうこれでぜんぶ吹っきれた気がする。だって、将司さんと私は、こんなにも愛し合っているんだもの」

雛子は席を立つと、将司の肩に腕を回した。

彼は雛子の背中を抱き寄せると、膝の上に横抱きにして、視線を合わせてくる。

「そうだな。この世の中で、僕たち夫婦ほど相思相愛な二人は、いないんじゃないかな」

「うん、ぜったいに、そうだと思う」

不思議な事に、敬語をやめると思っている事が前よりも口にしやすくなった。これからは、もっと気軽に愛情表現ができるに違いない。そう思うと、いっそう気持ちが晴れやかになった。

将司が、微笑みながら顔を近づけてくる。

雛子も同じように笑いながら、顔を上向けて愛する夫と唇を合わせるのだった。

「私、菖蒲と花菖蒲って、ずっと同じ植物だと思ってたんですよね」

「私もあゆみさんから聞くまでは、そう思ってた。世の中、まだまだ知らない事だらけよねぇ」

五月になったばかりの平日の午後、雛子は一ツ橋商店で万里子とともに品出しに精を出していた。

「うちの庭の花菖蒲、まだ蕾ですけど、咲いたら持ってきますすね」

「いつも、ありがとう。その代わりと言っちゃなんだけど、今年もショウブ湯用の葉はうちからおすそ分けさせてね」

宮寺家の庭には、もとは小さな池があった。

そこに土を入れて花菖蒲を植えたのが将司の曾祖母で、毎年五月になると綺麗な紫色の花を咲かせる。

万里子は毎年、子供の日を迎えると同じ商店街にある「白木《しらき》生花店」でショウブを買うのを常としている。

雛子は一ツ橋商店でアルバイトをするようになってから、毎年子供の日には万里子からショウブを分けてもらっていた。

「ありがとうございます。私、この間調べたんですけど、ショウブ湯って妊婦が入っても問題ないんですって。だから今年も入れる――」

「え!?　ちょっと、雛子ちゃん！　あんた、赤ちゃんできたの？」

「あ……えっと――」

うっかり口を滑らせてしまい、万里子に詰め寄られてしまった。

雛子は降参して、今月で妊娠四カ月になると明かした。

「安定期に入るまで内緒にしておこうと思ってたんです。だから、商店街の皆さんには、まだ内緒ですよ」

「大丈夫。誰にも言わないから、安心して。そうとわかったら、ほらほら、立ってないで椅子に座って」

「ありがとうございます。でも、まだお腹もペタンコだし、そんなに気を使わないでください」

「いいから座って。えーっと、今月で四カ月だと、生まれるのは――」

万里子が指折り数えている横で、雛子は膝の上で駄菓子の箱を開けながらニコニコと笑った。

「十一月です。あの、ここでのアルバイトなんですけど、万里子さんさえよかったら、これからも続けさせてもらいたいと思ってます。出産前後は、お休みをもらう事になりますけど、私、ここでのお仕事が大好きなんです」

雛子がかしこまりながらそう言うと、万里子が嬉しそうに相好を崩した。

「もちろん、いいわよ。雛子ちゃんは子供たちから慕われているし、こっちからお願いしたいくらいだもの」

「よかった！　実は、妊娠がわかってから、ずっとそれが気になっていたんです」

さすがに産前産後は、店頭には立てない。

けれど、もともと子供好きだった雛子にとって、今やここでの仕事は日々の癒しと言えるほど大切なものになっていたのだ。

「うちの子供たちは二人とも結婚して所帯を持ってるし、そもそもこの店には興味がないのよ。だから、雛子ちゃんさえよかったら、土地家屋込みで、ここを継いでほしいくらいよ」

「え⁉　ま、まさか、冗談ですよね？」

万里子には娘が二人おり、それぞれが結婚して子供をもうけている。

何度か顔を合わせて話した事もあるが、確かに駄菓子屋には興味がなさそうだった。

それにしたって、赤の他人に譲るなんて、いくら何でも話が突飛すぎる。

「ううん、半分は本気よ。子供たちに継ぐ気がないんだから、この店は私の代で終わると思ってたけど、雛子ちゃんが継いでくれるなら、それに越した事ないんじゃないかって前から思ってたのよ」

突然の話に、雛子はポカンとした顔で万里子を見つめた。

その顔を見て、万里子がぷっと噴き出して、雛子の肩をポンポンと叩いてくる。

「もっとも、私はまだ元気いっぱいだから、継ぐにしてもずいぶん先の話になると思うけど。とりあえず、頭の隅にでも置いておいて」

「は、はい……」

「ところで、今年もやるわよ。『子供の日』大セール。子供たちあっての『一ツ橋商店』だからね。今回は、どんなふうにしたらいいと思う?」

一ツ橋商店では、子供の日にセールを行うのが毎年の通例になっている。

去年はセールと同時に飴玉つかみ取り大会を開催して、たくさんの子供たちに喜んでもらった。

「輪投げ大会は、どうですか? 去年みたいに店の前のスペースを借りられるなら、そこにシートを敷いて、お菓子を並べるんです。子供たちは、その前に引いた線からほしいお菓子に向かって輪っかを投げて、上手くいったらお菓子をゲットできるんです」

雛子は、身振り手振りを使って輪投げ大会の説明をした。

一ツ橋商店の前は誰もが利用できる休憩所になっており、商店街で買ったものをそこに持ち込む事もできる。

去年の子供の日には、そこの一角が飴玉つかみ取り大会の会場になった。

「あら、それいいわね！」

万里子が雛子の意見を取り入れ、今年は輪投げ大会をすると決まった。

細かな段取りを決めたあと、雛子は商店街にある「おもちゃ屋タナベ」に行き、輪投げ大会に必要なものを買い求めた。

「今年は輪投げ大会か。子供たちが喜びそうだな」

「はい。たくさん来てもらうために、チラシも作ろうと思ってるんですよ」

「いいねぇ。そうだ、うちからも輪っかに入るくらいのおもちゃを提供するから、一緒にやらせてくれって万里子さんに言っといてもらえるかな？」

店主の田辺《たなべ》が言い、棚に置かれているミニカーを手に取る。

すると、たまたま母親に連れられて店に来ていた男の子が、雛子たちのほうを振り返った。どうやらさっきからの話を聞いていたようで、目をキラキラさせながら田辺に近づいてくる。

「輪投げ大会、するの？　いつ？　どこでするの？」

「子供の日に、商店街の休憩所でするんだよ。駄菓子屋さんの前にあるだろう？」

「知ってる！　僕、駄菓子屋さんでお菓子を買って、そこで食べた事あるよ。そうだよね、ママ」

子供を追ってやってきた母親が「そうね」と言って頷く。

親子は一ツ橋商店によく顔を見せてくれており、セールのチラシができ次第、子供を持つ知り合いに配ってくれる事になった。

「子供は、いつの時代も世の宝だからね。親だけじゃなく、地域の者みんなで育てていかないと」

田辺は、その昔市議会議員をしていた事があり、今もその時の経験を活かして商店街振興組合の会長を務めている。

年齢は七十歳を超えているが「おもちゃ屋タナベ」を存続させるための情報収集に長けており、今の子供たちの流行りにも詳しかった。

店内には触って遊べるおもちゃコーナーやカードゲームができるスペースもあり、駄菓子屋同様、商店街に来る子供たちの人気スポットになっている。

雛子も、前に万里子のおつかいでここに来た時に、少しだけドールハウスで遊ばせてもらった事があった。

楽しくて、つい長居しそうになり、結局ドールハウスとセットになっている人形を一体買ってしまった。そのあとも、行くたびに一体ずつ買い求め、そのうちアルバイト代を貯めてドールハウスを買おうと思っているところだ。

（「おもちゃ屋タナベ」さんって、お客さんの気持ちを掴むのが上手いよね）

田辺の店を出て一ツ橋商店に向かいながら、雛子はいつの間にか自分も「おもちゃ屋タナベ」の常連になっている事に気づいた。

今は活気づいている商店街だが、大型スーパーマーケットの進出により、一時は来客数が激減してシャッター通り化が懸念されていたらしい。

しかし、田辺率いる商店街店主たちが知恵を出し合い、一丸となって協力し合った結果、無事復活を遂げたようだ。

（さすがだな。田辺さんもそうだけど、万里子さんにも見習うところが、たくさんある）

そんな事を考えながら歩いている途中で、ふとピンとくるものがあって立ち止まる。

（そうだ、これをお話にしたらどうかな？）

常々、次に書く題材を考えていた雛子だったが、アイデアどまりで実際に書き始めるには至っていない。

まだわからないが、商店街を舞台にした話なら進められそうな気がする――。

雛子は歩く足を速めながら、今思いついたアイデアを膨らませていった。

物語の舞台は、たくさんの人が集う商店街。

出てくる人たちは、それぞれに実際に商店街で働く人をモデルにして、いろいろなエピソードを交えながら物語は進んでいく。

その日の夜、将司が帰宅するのを待って、昼間考えた事の話をした。彼は雛子の話に聞き入ったあと、嬉しそうに頬を緩めた。

「すごくいいと思うよ。雛子にとって身近な人たちがモデルになっているし、話自体も親しみやすい。今回も、絵本として書き始めるのか？」

「そうしたいと思ってる。もし上手く書き上がったら、コンテストに出そうと思ってるの」

「いいね。コンテストの目星はついているのか？」

「うん。一応ここところを――」

雛子はタブレット端末で絵本の作品募集をしているサイトを表示させて、将司に見せた。

「こっちは文章だけで、こっちはイラストも一緒に出すタイプ。とりあえず書き始めて、あとでどっちに出すか決めようかなって」

そうはいっても、雛子は特別イラストが得意なわけではない。

以前一ツ橋商店用のチラシでお菓子の絵を描いた事はあったが、決して上手とは言えない出来栄えだった。

その事を話すと、将司が意外そうな顔をする。

「僕は、雛子の絵は味があって好きだけどな。上手いというよりは面白い感じだし、雛子自身が描くのを楽しんでいる感じがいい。それに、そんな感じで気負わずに描いたもののほうがいいものになりそうな気がする」

将司のアドバイスを得て、それからの雛子は物語を考える片手間にスケッチブックに登場する人たちを描いてみた。

描いているうちに画材を変えてみようと思い付き、いろいろ試したところ手漉き和紙にアクリル絵の具で描くという手法に落ち着いた
どうせ描くなら、モデルになる人たちを参考にしたい。

そう思った雛子は、物語に登場する人たちにはわけを話し、イラストを描く参考にするために写真を撮らせてもらったりしている。

「うちの商店街から絵本作家が誕生するかもしれないな」

「どんな絵が描けたか、見せてくれる？」

「あら、それは絵本になってからのお楽しみよねぇ？」

皆、雛子の絵本が完成するのを楽しみにしてくれており、モデルになった事を喜んでいる様子だ。

皆が盛り上がる中、雛子は少しずつではあるけれど物語を書き進めている。

「『子供の日』大セールも大盛況だったたし、雛子ちゃんって子供の心を掴むのが上手いわよね。ねぇ、万里子さん」

「ほんとに。この調子で、絵本書くのも頑張ってね。大丈夫、きっと大賞を受賞するから」

雛子が絵本を書いている事は、今や商店街はおろか、ここに通う人たちの間にも広まっている。

皆、応援してくれているし、わざわざ一ツ橋商店までやってきて、激励してくれる人もいた。それは嬉しいが、商店街の人たちからの期待度が大きくなるにつれ、徐々にプレッシャーを感じてきた。

わざわざモデルになってもらった上に、応援までしてもらっているのだ。

この調子だと、応募する作品はイラストと文章を一緒に出すコンテストに限られてきそうだった。

(やっぱり、そうすべきだよね)

自分で自分を追い込んだ感じだが、そうと決めたら腹をくくって取り組むのみ。

雛子は自分自身に気合を入れようと、肩を怒らせて拳を握りしめた。

「だいぶ肩が凝っていそうだね。大丈夫かな?」

リビングルームのソファに腰掛けて首を傾げている雛子を見て、将司が背後から肩を揉みほぐしてきた。

「将司……」

敬語ナシ、それに次いで呼び捨てで呼ぶと決めた当初は、かなり苦労した。

けれど、なるほど敬語をやめた途端、それまでよりも距離が縮まり、ひと月経った今は、もうずっと前からそうしていたかのように馴染んでいる。

「凝りの原因は何かな? 絵本? それとも妊娠によるものかな?」

「今は絵本かな。何だか、日に日にプレッシャーが強くなってくるような気がして、だんだん筆が進まなくなってきちゃって……」

「それは、いけないな。あまり気に病むと母体にもよくないだろうし……。そうだ、来月は妊娠中期に入るし、気分転換に近場でゆっくりとしたデートでもしようか」

ップした。

「デート？　本当に？」

「ああ、本当だ。どこがいいかな」

夫婦はインターネットやガイドブックで下調べをして、候補地を何カ所かリストアップした。

あとは出かける当日を待つだけ――。

そう思っていた矢先に、突然今までに経験した事のない胃のむかつきを感じた。

食前食後にかかわらず吐き気がして、食べたいという気持ちはあっても身体が受け付けない。

しまいには朝、起きた直後めまいがして、ベッドから起きられなくなった。

「もしかして、つわり？　普通は妊娠初期のはずなのに、何で今頃になって……」

一般的に、つわりは妊娠五、六週から始まると言われている。

だが、雛子はこれまでつわりの症状がないまま過ごしてきた。だから、てっきりつわりを経験しないまま出産を迎えるのかと思っていたのだが、そうじゃなかったみたいだ。

「お腹の中で赤ちゃんが大きくなってきてるから、胃が圧迫されているのかもしれないな」

急遽、デートは取りやめ、心配する将司に連れられてかかりつけの産婦人科を受診した。症状を訴えたところ、やはり赤ちゃんの成長に伴うものだとの診断が下った。

「そのほかに、症状はない？」

担当の女性医師が、横になった雛子のお腹を触りながら訊ねてくる。

白髪交じりだが、まだ四十代だという彼女は、自身も三人の子を持つ母親だ。

診察はいつも懇切丁寧で、常に患者に寄り添ってくれる姿勢が、とても心強い。

「めまいと、頭痛がちょっと……」

「そう……。じゃあ、何かストレスを感じるような事は？」

女性医師に訊ねられ、ないと即答しようとした。

けれど、念のため自分が作家を目指している事や、現在はコンテストに応募するための絵本を書いており、その関係でプレッシャーを感じている事などを話した。

「うーん、吐き気はさっき診断したとおりだけど、めまいと頭痛に関しては、今聞いたプレッシャーによるストレスが原因かもしれないわね」

「そうですか……」

プレッシャーは感じていたが、まさかそれがストレスになっていたとは……。

雛子は、自分はストレスには耐性があるほうだと思っていた。だから、よもやそんな理由で体調が悪くなっていたとは考えもしなかったのだ。

「でも、文章を書いたり絵を描いたりするのは好きなんです」

「それでも、周りからの期待や、いいものを書こうとする気持ちが原因である可能性が高いわ。妊娠って、思っている以上に心と身体に変化を及ぼすの。それだけ、お腹の中に赤ちゃんを育むっていうのはたいへんな仕事なのよ」

その後、さらにいくつかの質問をされて、やはり原因はストレスによるものだろうと言われた。

「幸い、血液検査には異常はないし、お腹の赤ちゃんも順調に育っている。気持ちが逸るのはわかるけど、ストレスは、お腹の赤ちゃんにもよくないわ。この際だから少しの間だけでも絵本を書く作業から離れてみたらどうかしら？」

雛子は診断結果を将司に伝え、彼と相談した結果、女性医師のいうとおり一時執筆を取りやめる事にした。

一ツ橋商店のアルバイトも休止するかどうか考えたが、子供たちと会えなくなる事がさらなるストレスになりそうで、無理のない範囲で続ける事にする。

ちょうど金曜日だった事もあり、女性医師の指示もあって土日はどこにも出かけずに家で安静にしていた。

途中、やりかけだった庭の草むしりが気になりベッドから起き上がろうとしたけれど、それを見咎めた将司に止められてしまう。

「今日明日は安静にしないと。草むしりは僕がやるから、雛子はゆっくり休んでなさい」

「でも、草むしりすると、将司の嫌いな虫が出てくるかも……」

テントウムシなどの可愛らしい虫にはいくらか慣れた将司だが、アブラムシやカメムシなどの害虫には未だに苦手意識があるのだ。

「大丈夫。僕も父親になるんだ。いつまでも虫が苦手だとか言っていられないからね」

将司は週末の二日間をすべて家事に費やし、雛子のために食事まで用意してくれた。

当然、時間がかかるし、メニューは簡単に作れるものやレトルト食品を利用したものに限られている。

しかし、どれも滋味があり胃に優しいものばかりで、その心遣いが涙が出るほど嬉しかった。

「ありがとう、将司。私、将司と結婚できて、本当によかったぁ……」

言いながら涙がポロポロと零れ出し、止まらなくなる。

これが、妊娠中の情緒不安定というものだろうか？

そんな事を思いつつも、涙は滝のように流れ続けている。

「よしよし。僕も雛子と結婚できて本当によかったと思ってるよ」

頭や背中を撫でられ、ようやく少しずつ涙が止まり始める。

将司が差し出したティッシュで洟をかむと、雛子は再びベッドに横になった。

家事をするために部屋を出ていく夫の背中を見送ったあと、仰向けだった体勢を横向きにする。

（お腹が少し大きくなってからかな？　このほうが楽かも）

妊婦用の雑誌などを見て、いろいろな情報は頭に入っている。けれど、実際に自分が妊婦になってみると、妊娠には様々なケースがあると身をもって知った。

それも商店街に来る子供を持つ母親たちから聞かされていたが、何となく自分は妊娠による体調不良とは無縁のような気がしていたのだ。

（人一倍丈夫だし、大病だってした事がなかったから、まさか妊娠で寝込む事になるなんて思わなかったな。……それにしても、将司って本当に優しいな……）

窓の外を眺めながら、ぼんやりとそんな事を考えていた。

そうしているうちに、いつの間にか寝てしまったのだろう。ふと目が覚めて起き上がると、もうお昼前になっていた。

ベッドから出てキッチンに続く縁側を歩き出そうとした時、庭の花壇の前にしゃがみ込んでいる将司に気づいた。

彼は濃い青色の半そでTシャツとベージュのコットンパンツ姿で、頭には雛子が愛用している麦わら帽子をかぶっている。

よく見ると、手には軍手をはめており、もうすでに指先が泥だらけだ。

それで顔を触ったのか、頬骨のところが泥で汚れている。

(生粋の都会っ子の将司が、あんなに泥まみれになって……)

雛子がそっと近づくも、将司はそれに気づく様子もなく、一心に庭の草をむしっている。草むしりをすると、虫との対面は必至だ。

将司に気づかれないよう息をひそめながら、雛子は夫の庭仕事を見守り続けた。

きっと彼は、妻子のためなら何だってする覚悟でいるに違いない。

そうと信じられるほどに、将司はもう雛子の中では立派に父親の役割を果たしてくれていた。

週明けの月曜日、雛子がいつものように一ツ橋商店に行くと、万里子が心配そうな表情を浮かべながら雛子のすぐそばに駆け寄ってきた。

「雛子ちゃん、無理しないでね。将司君に聞いたわよ。絵本を書くのに根を詰めすぎて、具合悪くなったんだって？」

開口一番そう言われて、すぐに店の奥に置いてある長椅子に座らされる。

「将司さんが？」

「そうよ～。一昨日の土曜日に商店街に買い物に来て、その帰りにここに寄ってくれたの。その時に聞いたのよ」

万里子が言うには、将司は商店街で唯一雛子の妊娠を知る彼女に、遅れてやってきたつわりやめまいなどの症状について話したのだという。

「将司君、雛子ちゃんの事を、すごく心配してたわよ。今日あたり、赤ちゃんができたのを一部の人に言うつもりなんでしょう？　そのサポートもしてほしいって頼まれているから、よければそのあたりの事は私に任せてちょうだいね」

今月安定期に入ったため、将司と話し合って、商店街の中でもごく親しい人にだけ妊娠を知らせる事にしていた。

しかし、安易に打ち明けると、人を介して一気に広まってしまう恐れがある。

せっかく絵本を書くのを休んで心の平穏を保てているのだから、もうしばらくの間は内々の秘密にしておきたい――。

将司は、そう考えて口止めを含めて諸々の説明をする役割を万里子に委託した。その際、はじめての妊娠で戸惑う事が多いであろう妻のよき相談相手になってやってほしいと頭を下げたらしい。

「将司君、本当に優しい旦那さまねぇ。というか、雛子ちゃんの事を心底大事に思ってるのね。もちろん、お腹の赤ちゃんの事もね」

おそらく、将司は絵本を書き上げる事へのプレッシャーについても、万里子に頼んでくれたのだろう。

それからの商店街の人たちは、そっと見守るような感じで、雛子を応援し続けてくれている。

(気を遣わせちゃったみたいで、申し訳ないな……。でも、商店街の人たちは、みんな優しくて本当にありがたい)

特に、万里子は自身の娘が妊婦の時の話をしたり、子育てに関する耳寄りな情報を教えてくれたりしている。むろん、情報はアップデート済みだし、どれも参考になるものばかりだ。

「雛子ちゃんは、私にとって三人目の娘みたいなものだもの。困った事があったら、何でも言ってちょうだい。気ままな一人暮らしだし、いざって時はいつでも駆け付けるし、遠慮なんかしなくていいんだからね」

彼女は十数年前に夫に先立たれ、それ以来一ツ橋商店の裏手にある自宅で一人暮らしをしている。

以前教えてくれた事には、彼女の二人の娘はいずれも里帰り出産をしており、産んだのは雛子が日頃世話になっている産婦人科であるらしい。

「ありがとうございます。私、本当はちょっと心細かったんです。育ての親の祖父母はもうとうに亡くなっているし、両親とはもう何年も連絡を取ってないから……」

実際、二人の住所も電話番号も知らないのだから、連絡の取りようがなかった。

親戚に聞けば教えてもらえるかもしれないが、田舎を出て以来誰とも連絡を取り合っておらず、ほぼ全員と絶縁状態にある。

言うまでもなく、里帰り出産など望むべくもない。

それは前に万里子にも話しており、すべて承知してもらっていた。

「心細くて当たり前だよ。将司君の実家も頼れないとなると、近くにいる頼れる家族は将司君だけだものね。将司君は優しいけど、妊娠出産となると、やっぱり男の人だけだと心もとないところもあるでしょうし」

確かに、将司が仕事で不在の時など、やけに心細くなる時がある。

妊娠がわかってからというもの、将司はできる限り家を空けないようスケジュールを調整してくれている。だが、それでも彼が忙しい事には変わりはなかった。

今のところ母体に重大な問題はないが、今後もそうだとは限らない。

そんな漠然とした不安に囚われる事もしばしばだし、そのたびにお腹を触って、どうにか心を落ち着かせるようにしていた。

「とにかく、私にドンと任せなさい。将司君がいない時とか、不安になった時は、いつでも電話してくるんだよ。いいね？」

「はい、そうさせてもらいますね」

優しくて頼れる夫と、身内のように接してくれる力強い味方がいてくれる。

そう思うだけで、心が軽くなったような気がする。

それからの雛子は、将司と万里子に支えられながら、心穏やかな妊婦生活を送れるようになった。

妊娠五カ月で急にお腹が大きくなり始め、六カ月になった早々に胎動を感じて夫婦して大騒ぎをした。

将司は胎動があったと聞くと、毎回飛んできて掌や頬をお腹に摺り寄せてくる。

そんな時の彼は、もうすでに子煩悩な父親の顔をしており、雛子はそのたびに将司とお腹のツーショット写真を撮っては一人喜んでいた。

「あ、そうだ。将司のアルバム——」

雛子は、ふいに思い立って、リビングルームの棚にしまってある古いアルバムを取り出した。それは、先月義父の正一郎が持ってきてくれたもので、将司の幼少期の写真が収められている。

ソファに腰掛け、テーブルの上にアルバムを広げた。以前は膝の上に載せてみていたけれど、今はもうお腹が大きすぎてその体勢では見られなくなってしまっている。

「これ、何度見ても飽きないんだよね。ふふっ……」

広げたページには、将司が赤ちゃんの頃から中学三年生までの写真が整然と貼られている。幼い頃の夫は、いかにも賢そうで、三歳にしてすでに顔立ちが完璧に整っていた。

「眼鏡かけてる写真がないから、かけ始めたのは高校生になってからかな？　それにしても、可愛いし、かっこいいなぁ。子供なのにイケメンって、すごいよね。ベビーちゃん」

雛子は掌でお腹をさすりながら、我が子に向かって話しかけた。

「あなたのパパは、ものすごく賢くてかっこいいのよ。どうか、パパそっくりに生まれてきてね。ついでに言うと、パパのパパも賢くてかっこいいのよ」

将司の父親である正一郎は、息子同様ハイスペックの美男子だ。

「東伯大学」学長にふさわしく威厳があり少々強面だが、その反面気さくなところもあって、雛子とも親しく接してくれる。

ほんのたまにだが、息子夫婦が住んでいる家にも顔を出してくれており、そのたびに何かしら嬉しい手土産を持ってきてくれた。

先日来た時の手土産が、このアルバムであり、雛子は大喜びでそれを受け取って宝物のように大切にしている。

『うちの父親は、雛子と話したくて、ここに来てるようなものだな』

将司が言うように、義父は自分の息子よりも雛子とよく話をする。一度などは、将司が留守だとわかった上でここを訪問し、雛子とのおしゃべりを楽しんで帰っていった。

『将司は昔から頑固だからな。人一倍真面目だし、正義感も強い。それもあって、自分の親の許せない部分に眼を瞑る事ができないんだろうな』

二人きりで話した時、正一郎はそう言って寂しそうな顔をした。

義父が話してくれた事には、彼の前妻である将司の母親は、双方の親が勧めた見合いにより結婚して夫婦になった。

二人の結び付きは、それぞれの一族に多大なメリットをもたらし、夫婦はそれなりに関係を維持し将司という子ももうけた。

しかし、将司が中学三年生の時に二人は離婚し、それ以来彼は親権を持たない実母とは絶縁状態になっている。

将司からも話は聞いていたが、離婚の原因は双方の不貞行為だ。

夫と妻、どちらが先か不明だが、日頃から会話もなくめったに顔を合わせない夫婦は、いつの間にかそれぞれに愛人を作った。そして、結局はそれが原因で離婚に発展したという流れだったようだ。

その犠牲になったのが将司で、彼は両親のいない自宅で数人の家政婦に身の回りの世話をされながら大きくなった。

子供ではあったけれど、両親の不和には気づいていたし、夫婦の関係が破綻しているのも知っていたようだ。

そんな状態でも夫婦は結婚生活を持続させていたが、将司が中学二年に進級する春に、とうとう母親が家を出て戻らなくなった。そこで、正一郎はようやく重い腰を上げて離婚話を進め、夫婦はようやく不毛な結婚生活に終止符を打ったのだ。

正一郎は、それ以後は常時自宅にいるようにしたが、その時にはすでに息子の気持ちは彼から遠いところにあった。

以後、父子の関係は今に至るまで、他人行儀なものになってしまっているとの事だ。

その頃の将司が抱えていた辛さや苦しさは、いったいどれほどのものだっただろうか……。

それを思うと胸が痛くて仕方がないし、もっと彼を幸せにしてあげたいと心から思う。

（ベビーちゃん、パパとママと一緒に幸せになろうね）

妊娠七カ月で妊婦健診が二週間に一回になり、いよいよお腹が前にせり出してきた。

将司は通院している産婦人科の両親教室は毎回同席して、普段の健診にも極力一緒に行くようにしてくれている。

妊娠八カ月を迎えた頃は、ちょうど大学入試問題作成やサマースクールが開催される時期だった。

将司はそれでも何とかスケジュールを合わせてくれたが、どうしても都合がつかない時は万里子と連携して徹底したサポート体制を取ってくれた。

一時期は、わけもなく不安になったり、いろいろと情報過多になって出産自体が怖くなったりした事もあった。けれど、いつも寄り添ってくれる二人がいてくれたおかげで、今はもうゆったりとした気持ちで赤ちゃんに会える日を心待ちにしている。

「それにしても、ベビーちゃんったら、なかなか性別を教えてくれないよね。もうそろそろ、どっちか教えてほしいんだけどなぁ」

それまでの妊婦健診では、何度調べてもお腹の赤ちゃんの性別は、わからずじまいだった。結局、八カ月目の超音波検査でも判明せず、もしかすると不明のまま出産を迎えるかもしれないと言われた。

「ベビーグッズ、もう用意しておかないと。どっちかわからないから、ブルーかイエローかな？　でも、別にピンクを買ってもいいのよね？」

「そうだな。生成り色にするっていう手もあるしね」

結局、夫婦は肌触りや品質最優先で、いろいろな色のベビー服を買い揃えた。

その他、新生児用のおもちゃや消耗品など、商店街で揃えられるものはすべて顔見知りの店を巡って準備万端整える。

「これで、いつ生まれてきても大丈夫。あとは、名前の候補を絞るだけね」

「しかし、これぱっかりは男女の区別が付かないと、決めにくいな」

夫婦は、男女別にいくつか名前をリストアップし、性別がわかり次第いずれかに決めようと思っていた。

けれど、もうここまできたら男女ひとつずつと、ジェンダーフリーな名前をひとつ用意しておく事になりそうだ。

とにかく、不安要素はひとつでもなくすよう心掛けくれている将司は、極力早く帰宅できるよう日々努力してくれている。

そんなふうに何かと気ぜわしい日々を送っているうちに、自然とまた絵本の続きを書きたくなった。

すでに妊娠九カ月目を迎えており、足元も見えないほどお腹が大きくなっているため、椅子に座るにも苦労する。

それでもダイニングテーブルにスケッチブックを広げ、アクリル絵の具で絵と文を書き綴った。あれほど滞っていた筆がすらすらと進み、スケッチブックの空いたページも残り少なくなっていく。

「ついに、書き終わったぁ！」

雛子がそう叫んだのは、あと一週間で出産予定日を迎える日の事だ。

毎日無理のない範囲で作業を進めてきて、ようやく出来上がった時はひとつの仕事をやり遂げた達成感で胸がいっぱいになった。

しかし、はじめに出そうと思っていたコンテストは、もうとっくに締め切りが過ぎてしまっていた。

雛子は将司と相談して、それよりも小規模だが長い歴史のあるコンテストに出してみる事にした。

和紙に描いた絵をコピーし、文章をプリントアウトしたものと一緒に封筒に入れる。ウェブでファイル化したものを送る事もできるが、和紙の質感を出そうと思うと、コピーを郵送したほうがいいと判断したのだ。

あとは切手を貼って送るか、郵便局の窓口に持っていくだけ——。

そこまで準備した夜、出産予定日よりも三日早く陣痛が来た。

いくら脳内でシミュレーションを重ねても、実際にそうなってみないとわからない不安は常にあった。

だからこそ、陣痛が来た時に将司がいてくれたのが、何よりも心強かった。

彼の運転する車で産婦人科に向かい、検査の結果即分娩台に乗って、それから十時間後に無事女の赤ちゃんを出産した。

体重、三千キロ弱で、身長は四十八・二センチ。

名前は迷った末に、男女どちらでもという条件のもと考えていた「葵《あおい》」とした。

葵は生まれた時から髪の毛が豊かで、まだ目は開いていないものの目鼻立ちはどうみても将司そっくりだ。

「よかった！　お腹に向かって毎日、パパそっくりに生まれてきてねって言い聞かせてた甲斐があった！」

生まれて数日後の週末、雛子は産婦人科の新生児用のコットで眠っている葵を眺めながらニコニコ顔で呟いた。

それを聞いた将司が、葵の顔を覗き込みながら怪訝な顔で首を傾げる。

「僕は、毎日雛子のお腹に向かって、ママそっくりに生まれておいでって言い聞かせてたよ。ほら、口元なんか雛子そっくりだろう？」

「えええ……」

雛子は、すかさず不満そうな声を上げ、断じて自分には似ていないと言い張った。

その一方で、将司も同じように葵は雛子にそっくりだと断言する。

可愛いという意見は同じだが、それぞれがお互いに似ていると言って譲らない。

そのまま無事退院の日を迎え、親子三人仲良く車に乗って帰宅した。

将司が玄関を開け、雛子は腕の中の葵とともに家の中に入った。

「ただいま。家を空けたのは、たったの五日間だったのに、何だかすごく久しぶりなような気がする」

「おかえり。この一週間、本当にお疲れさまだったね」

「将司こそ一人でたいへんだったでしょう？　仕事があるのに、毎日病院通いをしてくれて」

「僕は大丈夫だ。雛子こそ産後の身体は大事にしないと——ほら、足元に気を付けて」

　靴を脱ぎ、将司に寄り添ってもらいながら上がり框を経て廊下に立つ。右手にある飾り棚を見ると、青いリンドウの花が活けられている。

「これ、うちの庭に植えてあったリンドウ？」

「そうだよ。今朝咲いたから、雛子と葵のお出迎え用に活けたんだ」

「将司が？　すごく綺麗。ありがとう」

　廊下を歩き、リビングルームに入った。

　驚いた事に、部屋の中は若干模様替えがなされており、ソファの横にはベビーベッドが置かれている。そのほかにも、葵を育てるのに必要なものが、それぞれに使い勝手のいい場所に配置されていた。

「すごい……これ、ぜんぶ将司が用意してくれたのね」

「そうだよ。とりあえず、よさそうなところに置いたつもりだけど、不便だったらすぐに場所を変えるから、そう言ってくれ」

「ありがとう。すごく嬉しい」

一週間も家を空けていたのだから、多少なりとも掃除が必要だと思っていた。しかし、部屋はきちんと片付けられているばかりか、すぐに育児ができるよう整えられている。

「ふぇ……」

それまで雛子の腕の中で眠っていた葵が、うっすらと目を開け、ふにゃふにゃと声を上げて泣き出した。

「葵、お腹空いたの？　今すぐに上げるから、ちょっと待ってね」

雛子は葵をあやしながらソファに腰掛け、将司に手伝ってもらいながら授乳に取り掛かった。

出産当初は上手く授乳できず、母乳がたまって胸がカチカチになったり、熱を持ったりしていた。けれど、ベテラン看護師に指導してもらい、退院する前日には一人でも上手く授乳できるようになっている。

「赤ちゃんって、すごいね。生まれながらにして、おっぱいを飲む方法を知ってて、上手に飲もうと頑張ってくれるんだもの」

「そうだな。それに、子供を産んだママだってすごいよ。出産という大仕事を成し遂げて、休む間もなく授乳して……本当に尊いし、心から尊敬する」

将司がソファのすぐ隣に座り、母子を包み込むように雛子の肩に腕を回した。

こめかみにそっと唇を寄せられ、雛子は微笑みながら彼の肩に頬を摺り寄せる。

「こうして将司が、そばにいて寄り添ってくれるから、安心してこうしていられるの。家に帰ってくるなりホッとしたし、ここが私たち親子三人の幸せに暮らしていく場所なんだなって思った。将司が、私にそう思わせてくれるの。本当にありがとう」

雛子が顔を上げると、将司がにっこりと微笑んで額にキスをしてきた。

「感謝するのは、僕のほうだ。雛子がいてくれるから、僕は安心していろいろな事を頑張れる。雛子は僕の原動力であり、心の拠り所だ。葵という宝物を産んでくれて、本当に、ありがとう——雛子は僕のすべてだ」

「将司……」

腕の中に葵がいて、隣には将司がいる。

愛娘と愛する夫とともにいる幸せは、何ものにも代え難い。

雛子が胸に迫る多幸感でいっぱいになっていると、お腹がいっぱいになった様子の葵が腕の中で、ぴょこぴょこと足を蹴り出した。

「葵、もうごちそうさま？」

我が子に話し掛けると、葵がキラキラとした目で雛子を見た。

まだ生後間もないから、まだほとんど見えていないはずだが、声を掛けるとちゃんと顔を向けてくれるのが嬉しい。

背中をトントンしてから抱っこで寝かし付けると、葵はすぐにすやすやと寝息を立て始めた。

ふと横を見ると、将司が可愛くて仕方がないといった顔で葵の顔を覗き込んでいる。

「抱っこ、する？」

雛子が小声でそう言うと、将司はすぐに頷いて姿勢を正した。しかし、抱っこしようとする腕の動きがかなりぎこちない。

「そんなに緊張しなくても……。ふふっ、そういう私だって、産まれたての頃はそうだったけど」

眠っている葵をそっと将司の腕に託すと、雛子は少し身体を離して目の前の父娘の姿に見入った。病院でも何度も葵を抱っこしていた将司だが、慣れるにはまだ少し時間がかかりそうだ。

自宅に帰って、ようやく少し落ち着いた頃、万里子や「おもちゃ屋タナベ」の田辺など、商店街の親しい人たちの代表が葵の顔を見にきてくれた。

そこで再度、夫婦間で葵は父母のどちらに似ているかの論争が再燃し、来てくれた人たちの意見を聞く事にする。

「――で、どっちに似てますか？」

雛子はベビーベッドで眠っている葵の頭上から、我が子の顔を覗き込んでいる人たちの顔を順に見回した。

それぞれが雛子と将司を見たあと、葵の顔をじっと見つめる。

「そうだなぁ。目元は将司君。口元は雛子ちゃんかな」

「私は、その逆に見えるけど」

「じゃあ、どっちにも似てるって事でいいんじゃない？」

結局、夫婦両方に似ているという事で決着が付き、一行はスマートフォンのカメラで何枚も葵の写真を撮り満足そうに帰っていった。

「雛子、疲れただろう？　葵が寝ている間に、少し横になったらどうだ？　昨夜も授乳やおしめ替えで何度も起きたんだし」

「それは、将司も同じでしょう？」

「今日は休みだし、大丈夫だよ」

まだ生まれてひと月も経っていない葵は、だいたい三時間おきにお乳をほしがる。

生まれたての頃は、お腹いっぱいになるとすぐに寝てくれた。けれど、この頃では寝ぐずるようになり、授乳後は一時間近く抱っこであやさねばならない。

夜用のベビーベッドは夫婦のものの間に置かれており、マットレスの高さが同じになるよう調整してある。

葵が目を覚ましても動き出すと、夫婦はだいたい同時に目を覚ます。

しかし、たいてい先に起きて葵を抱っこするのは、寝起きのいい将司のほうだ。

雛子は起きてすぐに準備を整え、彼から葵を受け取って授乳をする。けれど、たまに将司は雛子が目を覚ます前に葵を抱いて部屋を出ていき、キッチンで用意したミルクを飲ませてくれる事もあった。

そんな彼だから、雛子は常々将司が睡眠不足になりはしないかとヒヤヒヤしている。

だが、当の将司はそんな心配もどこ吹く風とばかりに、連日雛子とともに葵の世話を焼いてくれていた。

「でも、私は今、アルバイトを休んでいるけど、将司は大学の仕事をしながら育児をして、家事までやってくれてるのに」

「そうだけど、僕が仕事中は雛子だけの力でやってもらっているわけだし、どうしても雛子に負担が多くかかっているだろう？」

「だけど……」

「それに、葵との時間はこれからも続くけど、ゼロ歳児の葵は今だけだ。毎日少しずつ成長している様子を、できるだけたくさん見ていたいと思うし、僕がいる時くらい雛子に気を抜いて休んでもらいたいんだ」

「……ありがとう、将司」

「どうしても手助けがいる時は起こすから、安心して僕に任せてくれ。ほら——」

将司に急き立てられて、雛子は一休みするためにベッドルームに向かった。

確かに、葵との時間は、かけがえのない宝物のようなものだ。

（それにしたって、うちの旦那さまって本当に優しい……）

手際の悪さなど気にならないし、むしろ頑張っているのに今ひとつ上手くできない姿が愛おしくてたまらない。

ただでさえ、未だに将司に恋をし続けている雛子なのに、父親になった将司の魅力は天井知らずだ。

（一度、ちゃんと聞かなきゃ。どうして、そんなに優しいの？　って――）

ベッドに入り、葵の泣き声が聞こえないか耳を澄ませる。

今のところ、泣いている様子はない――。

ふっと身体から力を抜いた五秒後、雛子はぐっすりと寝入ってすやすやと寝息を立てていた。


子供が生まれると、それまでの生活が一変する。

その上、一歳になるまでに行うとされる行事が目白押しだ。

しかも、夫は代々続く宮寺家を継承する者であり、いずれは必ず東伯大学の学長にと目されている人物だ。

むろん、それは将司が高潔な人格と優れた学識を有しているからであり、彼ほど周囲から信頼され、人望が厚い人はほかにいない。

だが、将司は両親の離婚を機に宮寺家の人たちとは一定の距離を置いており、必要最低限の交流はしても、決して慣れ合う事はなかった。

当然、それをよしとしない親族は大勢おり、それを何とか抑え込んで盾になってくれているのが将司の父親である正一郎だ。

「時代は変わっていくものだ。自由に生きていいし、いつまでも一族だなんだとこだわる必要はない」

それが正一郎の持論であり、その点だけは父子も仲良く同じ目線でいる。

そんな事もあり、夫婦は結婚から今に至るまで、自由に物事を運んできた。

本来なら、葵が生まれて七日目には「お七夜」をして、一カ月目には「お宮参り」をすべきだ。けれど、生まれて七日目は、夫婦揃って慣れない育児に大忙しだった。

お宮参りにしても、ちょうど冬真っただ中の寒い時期にあたる事もあり、夫婦で相談して暖かくなる春まで待とうという話になっている。

「お義父さんに話したら、それでいいんじゃないかっておっしゃってたわ」

大学が冬休みに入って間もない週末、雛子はリビングルームで洗濯物を畳みながら将司を見た。

彼は今、葵を抱っこであやしながら、部屋の中を練り歩いている。

「そうか。……悪いね、いつも僕と父の橋渡し役をしてもらって」

葵の行事ごとについては、一応雛子が正一郎の耳に入れるようにしている。

もっとも、義父はいっさい口出しをする事はないし、すべて事後報告でも構わないと言ってくれているくらいだ。

むろん、祝い金や品物を欠く事はなく、こちらの都合や好みに合わせて受け取れるよう配慮してくれている。お金や品ではなく、その心遣いがありがたい。

雛子にはそんな親戚が一人もいない事もあり、義父の存在は今や連絡先も知らない実の両親よりも近く感じる。

「ぜんぜん悪くなんかないわよ。私のほうには誰も祝ってくれる人がいないから、お義父さんの存在は、すごくありがたいの。私にすごくよくしてくれるし、何だか実の父親よりも親しみを感じるくらい」

雛子がそう言って笑うと、将司が頷きながらソファに腰を下ろした。

「きっと、父も実の息子よりも雛子のほうに親しみを感じていると思うよ。これからも、父と親しくしてくれたら嬉しいよ。僕はまだ、そうできそうにないから」

「うん、任せといて」

雛子は洗濯物を畳み終えて、将司の隣に腰を下ろした。

将司が両親の離婚で深く傷付き、今もその傷が癒えないままなのはわかっている。

けれど、いつかまた二人が普通に話せる時が来ればいいと思う。

そのための橋渡しなら、いくらでもするし、葵のためにも義父とはもっといい関係になりたいと願っている。

「今年のお正月は、おせち料理は外注しようか？　作るのはたいへんだろう？」

毎年、おせち料理は雛子の手作りだが、今年は葵の世話もある。

もうじき生後一カ月半になる葵だが、今も授乳は三時間おきであり、夜中も最低一回は起きなければならない。

「作れるものは作って、あとは商店街で買い揃えようかな」

「それもいいね。僕も、去年よりは役に立てると思うよ」

今も雛子から料理を習っている将司は、前に比べて失敗の回数が減り、確実にレベルアップしている。

かつて家事能力ゼロだった将司は、地道な努力を重ねた結果、いくつかのメニューが作れるようになった。

そのうちのひとつがオムレツであり、アレンジして中にチーズまで入れられるようになっている。それがよほど嬉しかったのか、最近は一足早く起きてメニューにオムレツが入った朝食を作ってくれるようになった。

助かるし、オムレツはいつもふわふわで、味もとても美味しい。しかし、それにより、ますます将司の寝不足が心配になってきた。

「ねえ、そんなに早起きしたり夜も頻繁に起きたりして、本当に大丈夫なの？　学校で眠くなったり、ふらついたりしてない？」

「大丈夫だよ。今に限った事じゃないし、結婚前から忙しさは、ずっと続いているしね。それは、雛子も知っているだろう？」

「それはそうだけど……」

確かに、まだ雛子が東伯大学の事務局に勤務している頃から、彼は常に多忙だった。

雛子が残業で遅くなった時も彼の研究室の灯りが消えている事はなかったし、逆に早く来た時も、将司がすでに出勤している事も珍しくなかった。それどころか、繁忙期は大学で寝泊まりしていたくらいだ。

「おかげで、仮眠を取るのが得意になってね。昼休みのほかにも隙間時間を見付けてちょくちょく寝てるんだ。十分寝るだけでも、だいぶ違うからね」

「仮眠って……。そんなので本当に大丈夫？」

「平気だよ。ママは心配症だな、葵。雛子こそ、出産してから、まとめて眠れてないのに、大丈夫か？」

「私は葵が寝てくれた時、一緒に寝るようにしてるから平気よ」

「それでも、ゼロ歳児をずっと見てなきゃならないんだから、なかなか気が休まらないだろう？　やっぱり、僕が育児休暇を取ったほうがよかったんじゃないかな」

東伯大学には育児期に利用できる制度がいくつかあり、男性職員は子供が一歳になるまで育児休暇を取得できる。

そのほかにも、時短勤務や時間外勤務の免除や制限を申請する事もできた。

しかし、雛子がアルバイトを休止できているし、人気教授である彼がいなくなると困るのは学生たちだ。将司は必要に応じて制度を利用すると言ってくれたが、とりあえず母子だけでやってみる事にしている。

「今でも十分やってくれてるんだもの。これ以上してもらったら、かえって悪いくらい。それに、取るにしても、スケジュール調整がたいへんでしょう?」

「確かにそうだが……。うちの大学も、もっと教職員が育児に関する制度を利用しやすくする必要があるな」

将司が言い、難しい顔をして天井を仰いだ。そして、何かしら思いついた様子でテーブルの傍らに置いていたタブレット端末を起動させた。

(本当に真面目なんだから)

雛子は、なかば呆れたように心の中で呟き、笑みを浮かべる。

大学内には勤勉な職員は大勢いるが、将司ほど仕事と真摯に向き合っている人はほかにいない。

彼は仕事熱心であると同時に、常日頃から学生はもちろん、大学に勤務する者の事も考えている。そんな姿勢こそが、将司がゆくゆくは東伯大学学長になると言われている所以であり、まだ若年にもかかわらず理事職に就いている理由だ。

それからの将司は、どうやら本格的に育児に関する制度の改革に乗り出した様子で、雛子も元職員として意見を聞かれたりしている。

「制度の改革も大事だけど、それを利用できやすくする環境作りも一緒にやっていかなきゃダメだと思う。育児休暇を取るにしても、ほかの人に業務の皺寄せがいってしまうようじゃ取りたくても気兼ねするし、実際に負担がかかる人も出てくるでしょ」

「うむ……」

東伯大学の制度は、今でも他大学に比べてもかなり充実している。

実際に雛子が勤務している時も、制度を利用する人は少なくなかった。同時に、利用者が担当する仕事が、ほかの職員の負担になってしまうパターンが多く見受けられたのも事実だ。

育児だけではなく、病気療養や介護なども含め、お互いさまだと言えばそうだが、受け入れる側の負担が大きくなりすぎないような配慮も欠かしてはならない。

「私がいた頃だと、皺寄せは独身の人に行く事が多かったような気がする。それと、やっぱり言いやすい人が頼まれる傾向にあったかも。性格的に嫌とは言えなかったり、それくらい大丈夫です――なんて安請け合いして残業続きになったり――」

「それ、もしかして雛子自身の事なんじゃないか？」

「あ……そう言われたら、そうかも。でも、別にそれが嫌だったわけじゃないし、残業が増える分、お給料も増えたから嬉しかったりしてたし」

「なるほどな。……そのあたりの調整は個人レベルの聴取が必要になりそうだな」

話しているうちにベビーベッドで寝ていた葵が泣き出し、二人がかりでオムツ替えをする。

「わっ！　背中に漏れちゃってる！」

「うーん、やはり、少しお腹周りが緩すぎたか」

前回、オムツ替えを担当した将司が、眉を八の字型にして困り顔をする。

乳児の扱いは、ただでさえ気を遣う。

常に、おっかなびっくりだし、慣れてきたとはいえ、葵は周りの手助けがなければ生きられない赤ちゃんだ。

幸い、つい先日自治体から派遣されて自宅に来てくれた保健師によれば、葵はすくすくと育っており、何の問題も見られなかった。

手足を動かす力も比較的強いようで、動きが激しい分、少しでもオムツを緩めに穿かせると漏れてしまう傾向にあるのだ。

「このまま沐浴させようかな」

「そうだな。じゃあ、用意をしてくる」

将司がいち早く立ち上がり、バスルームで沐浴の準備に取り掛かる。

雛子は、その間に背中を綺麗にして、タオルで包んだ葵をあやしながら将司が呼んでくれるのを待った。

「よし、おいで」

「はーい！」

リビングルームを出て、廊下を足早に駆け抜ける。

今は真冬だが、家の中は全室一定の温度に保たれている。今までも、セントラルヒーティングの便利さを何度となく実感していたが、冬生まれの葵のお世話をするようになってからは、身に沁みてありがたく思う。

「お待たせ」

バスルームに入ると、腕まくりをして待ち構えていた将司が、葵を受け取って身体の上に沐浴布をかけた。

将司が葵の首のうしろを掌で支え、ゆっくりとお湯に浸からせる。

湯加減がちょうどいいのか、葵が目を閉じて気持ちよさそうな顔をした。手際よく顔や身体を洗っていき、手早く沐浴を済ませて葵をバスタオルで包み込む。

「やっぱり、沐浴は将司のほうが手際がいいね。葵もリラックスしてるように見えるし、失敗がないもの」

「僕の手は大きいから、その分安定して葵を支えられるからね。雛子の手は小さめだから、こればっかりは仕方ないよ」

沐浴だけでなく、寝かし付けに関しても、どちらかといえば将司のほうが得意だ。

これについても、抱っこする腕の太さや長さが関係しているのかと思いきや、慣れと経験も不可欠なようだった。

それが証拠に、一度義父に葵を抱っこしてもらった時、大泣きをされてあわてた事があるのだ。その時の話をすると、将司が当然だというような顔で片方の眉尻を吊り上げる。

「父は、育児にはまったく参加してこなかったようだからね。もっとも、母もほとんど専任の家政婦に任せっきりだったみたいだけど」

「そうなの？」

「もっとも、僕自身が覚えてるわけもないから、周りに聞いた話だけどね。それと、実際に父と母からも、同じような事を聞かされたから、事実だったんだと思うよ」

殊に、将司の母親は息子に対して日常的に父親の愚痴を言っていたらしい。

彼は、それから逃げるために母親を避けるようになったようだ。

「それが、最終的に子供を置いて家を出る事に繋がったのかもしれないな。母にしてみれば、自分に懐かないどころか避けるような事をする子供なんか、疎ましいだけだったんだろうし」

「そんな……」

沐浴を終え、葵を抱いた将司とともにリビングルームに戻る。

二人のあとをついて廊下を歩く雛子は、将司の背中を目で追いながら、やるせない気持ちでいっぱいになった。

世の中には、いろいろな親子がいて、それぞれに環境も違えば抱えている事情もある。けれど、親として子供を世に送り出したなら、愛情をかけて育ててしかるべきだ。

仮に手をかけられなくても、気持ちだけでも寄り添うべきだし、そうでなければ何のための親だろう?

そうはいっても、雛子自身両親から捨て置かれた存在だ。だからこそ、将司の心情は痛いほどわかるし、できる事なら子供の頃の彼を抱きしめてあげたいと思う。

雛子が、そんなふうに考えていると、ベビー服を着せ終えるなり、葵がお乳をほしがって泣き出した。将司から葵を受け取り、ソファに腰掛けて授乳をする。

葵はすぐに泣き止み、元気よくお乳を飲み始めた。

「いい子だな、葵。たくさん飲んで、大きくなるんだぞ」

将司が隣に腰掛けて、葵の顔を覗き込む。その顔には、父親としての愛情が溢れている。

午後になり、雛子は将司に葵を任せて晩御飯の準備を済ませた。

キッチンからリビングルームに帰って来ると、葵はソファ横のベビーベッドで、ぐっすり眠っていた。

将司はといえば、ソファの背もたれに背中を預け、ベビーベッドのほうに身体を傾けるようにして寝入っている。

(やっぱり、疲れてるんだろうな)

雛子は、そっと将司に近づくと、彼の顔からそっと眼鏡を外した。そうする時、眼鏡の弦が少しだけ将司の頬に当たってしまった。

けれど、彼はピクリとも動かず、しばらくは起きる様子もない。

（睫毛、私より長いよね。肌も綺麗だし、相変わらずかっこいいなぁ……）

夫の顔を、まじまじと見つめたあと、雛子は彼の隣に静かに腰を下ろした。

そのまま、しばらくの間将司の横顔を眺めていると、彼がふいに座った姿勢のまま寝返りを打った。

（わわっ……）

将司が身体ごと雛子のほうに向き直り、その拍子にまっすぐだった体勢が斜めになる。そのまま彼の頭が雛子の肩に乗り、一時そのまま動かずにいた。けれど、しばらくするとやや前のめりになった体勢が崩れ、雛子の身体に沿ってずり落ちながらソファの座面に横向きに倒れ込んでいく。

（おっとっとっ……）

雛子はそれに合わせて座る位置を変えて、将司の頭がちょうど自分の膝の上にくるように調整した。将司は寝入ったまま、目を覚まさない。

雛子は上から夫の様子を窺いつつ、額に掛かる髪の毛を指でそっと取り除いた。

（横顔、素敵だな……。そういえば、昔まだ事務局に勤めてる時、窓口に来た将司をキャビネットの陰から盗み見してたなぁ）

その時の記憶は今も新しく、当時見た将司の横顔も今と変わらず凛々しかった。

（あの頃の私に、今の自分がどうなっているか話したら、びっくりして腰を抜かすだろうな。ううん、嘘だって決め付けて、ぜったいに信じないかも）

そんな事を考えているうちに、ニヤニヤ笑いが止まらなくなる。

思えば、こんなふうに将司に膝枕をしたのもはじめてだ。

雛子は、ゆっくりと気づかれないようにしながら、彼の肩に掌を置いた。

そして、葵を寝かし付ける時よりも軽く、とんとんとそこを叩き始める。

（将司、お母さんからは母親らしい事をしてもらった覚えがないって言ってたな……）

彼の幼少期については、義父からもいろいろと聞かせてもらっていた。

それによると、将司が生まれてすぐに母親の希望でベテランの乳母が雇われ、毎日の世話は、その人に任せきりだったようだ。

『妻は、産後しばらく体調が戻らなくてね。それもあって、将司の世話が十分にできなかったんだ。そのうち、体調の悪さからくるイライラを私や、何もわからない将司にまでぶつけるようになってね。結局、そのまま将司の世話は人任せになってしまったんだ』

幼少期は乳母が、大きくなるとイギリス人のナニーが雇われ、将司はその頃に英語に親しんだようだ。

ナニーは極めて優秀な人で、将司が中学卒業を機に英国に留学するまで宮寺家に住み込みで働いていた。現在はもう引退して帰国しているが、将司とは未だに交流があり、定期的に絵葉書などをやり取りしている。

(実質、ナニーが将司の母親代わりみたいなものだったって言ってたし、写真で見たらすごく優しそうな人だったな。……ナニーがいてくれてよかった。いつか会う事があったら、直接お礼が言いたいな)

「……う……ん……」

雛子が将司を上から、じっと見守っていると、急に彼が身じろぎをした。

そして、ぱちりと目を開けると、瞬きをしながら雛子の膝に顔をぐりぐりと押し付けてくる。その様子が大型犬そっくりで、つい夫の髪をわしゃわしゃと掻き回したくなってしまった。

「あれっ……雛子？」

今まさに彼の髪の毛を鷲掴みにしようとした時、将司が顔を上に向けて雛子を見た。

「あっ……お、おはよう。将司。キッチンから帰ってきたら、二人とも眠ってたね」

雛子は出しかけた両手を引っ込め、今の体勢になった経緯を話した。

将司は床に付けていた足をソファの上に移動させると、雛子の膝に頭を預けたまま仰向けになった。

「ふーん、そうか。そういえば、こんなふうに膝枕をしてもらいながらイチャついた事はなかったな」

イチャつくって……」

まっすぐに顔を見つめられ、雛子はもじもじして両方の掌で頬を包み込んだ。

「あんまり見ないで。下から見ると、余計顔がまん丸に見えるから」

「まん丸な顔が、雛子のチャームポイントなのに」

「またそんな……。うっかり本気にして、食べすぎて二重顎になっても知らないから」

育児でひっきりなしに動き回り、授乳もしているせいか、最近はやけにお腹が空く。間食をしないと次の食事まで持たないし、食べ始めたら箸が止まらなくなる。

妊娠中は将司に協力してもらって、徹底した体重管理をしていた。けれど、出産後はそれまでの制限をすべて撤廃している。

「二重顎の雛子も、可愛いから大丈夫だ」

「大丈夫じゃないわよ。ただでさえ、体重が妊娠前に戻らなくて困ってるのに、これ以上丸くなったら産後太りが定着しそう」

「そんなに太ってないよ。それに、ちょっとぽっちゃりしてるほうが、葵も抱っこされてて気持ちがいいんじゃないかな」

「もう！　そんなふうに言われると、少し食べるのを控えようと思ってた決心が揺らぐでしょ」

「揺らいでもいいよ。それに、もし太りすぎたら、また僕が体重管理に協力するから心配いらない」

ニコニコと笑いながら、将司が徹底して雛子を甘やかすような事を言ってくる。

笑顔でそんなふうに言われたら、もう反論などできるはずもなかった。

雛子はデレデレとにやけてしまう顔を掌で隠しながらも、夫の端正か顔から目を離せずにいる。

「それに、子供を産んでからの雛子は、一段と顔立ちが優しくなってママらしくなってる。そんな雛子を見てると、たまに僕まで甘えたくなる事もあるんだ。ちょうど、今みたいに」

「将司……」

将司が仰向けになったまま、雛子に向かって手を伸ばしてくる。

産前産後のバタバタで気づく暇もなかったが、こんなふうに夫婦だけの時間を満喫するのは久しぶりだ。

将司が腹筋だけで上体を起こし、雛子は彼の背中を抱きかかえるようにして前かがみになる。無理のある体勢で唇が重なり、二人して声を出さないよう気を付けながらクスクスと笑い合った。

「私、葵を産んでから、自分でも母性本能が活性化したみたいに感じてるの。だから、今も将司の事、抱きしめてあげたいと思ってる。今の将司はもちろん、昔まだ小さかった頃の将司も含めて、抱っこしてよしよししてあげたい」

雛子は、そう言いながら彼の肩を掌でそっと撫でた。

生まれてきた子供は、誰だって愛されながら育つ権利がある。もう立派な大人になった将司も、心の中にはまだ子供だった頃の記憶があり、時折思い出しては胸を痛める事もあるだろう。

「よしよし。……将司は、優しくて本当にいい子」

「雛子――」

将司が片方の手をついてソファの上に起き上がり、雛子は彼の背中に回した腕に力を込めた。

「大好き。将司は私の一番大事な人。葵は一番大事な宝物。どっちも私の一番で、大切で、全力で愛して守りたいと思ってる」

雛子は、心からそう言って、将司の額に唇を押し当てた。

これからは、妻として母として、家族を守れるほど強くなりたいという思いが胸に込み上げてくる。

「ありがとう、雛子」

将司が呟き、目を細めて微笑みを浮かべる。

その一言に、彼の様々な思いがすべて込められているような気がした。

すると、そのタイミングを見計らったかのように、葵がぐずり出した。

「ふえぇ……」

夫婦は同時に目を合わせ、そそくさとソファを離れて愛娘のもとに駆け付けた。

「葵、お腹空いたの？」

「抱っこかな？　それともオムツが気持ち悪いのかな？」

ついさっきまでイチャついていたのを誤魔化すように、二人はベビーベッド越しに葵に話しかけた。

「あぶ……」

まだ、はっきり目が見えていないし、いわゆる新生児微笑というものだろう。けれど、間違いなくニコッと笑った我が子の顔に、夫婦は顔を見合わせて大喜びをする。

「今、笑った！」

「ああ、確かに笑ったね」

「可愛い！　葵、すっごく可愛い～！」

両親の大騒ぎをよそに、葵が顔を横に向けて何かを探すような仕草をする。

「お腹空いたのね、葵。よしよし、今あげるからね」

雛子が授乳の準備に取り掛かると、将司が葵を抱き上げて頭のてっぺんに頬を摺り寄せた。

「葵はパパの一番大事な宝物で、ママはパパの一番大事な人だ。どっちもパパの一番だよ」

将司が雛子の言った事を真似て、にっこりする。

夫婦は、ソファに隣り合わせに座り、互いに身を寄せ合った。

雛子は夫から愛娘を受け取ると、彼の肩に頭を載せかけながら、葵の口にお乳を含ませるのだった。

第四章　幸多き人生

親子三人で迎える年末年始は、いつも以上に慌ただしく過ぎた。

夫婦はいくらか余裕をもって育児にいそしめるようになり、両親の愛情を一身に受ける葵も、生後三カ月目を無事迎える事となった。

赤ちゃんが生まれて百日目の祝いとして、お食い初めの行事がある。

雛子は将司と相談の上、来る土曜日に自宅に万里子たち商店街で懇意にしている人を招き、お食い初めをする事にしていた。

当日用意したのは、赤飯や鯛を使った焼き物のほかに、お吸い物、煮物、香の物など。それに、歯固め用のタコを添えて祝い膳の出来上がりだ。

「ご招待、ありがとう」

「お邪魔します。本日はおめでとうございます」

万里子や田辺たち、以前葵の顔を見に来てくれた人たちが再び宮寺家で顔を揃えた。

この頃の葵はだいぶ目が見えるようになってきたようで、動くものを目で追うようになってきている。

二月下旬の外はまだ寒く、葵はまださほど外の世界を知らない。

一般的に赤ちゃんが人見知りをするのは、六～八カ月頃からとされているが、葵もまだ誰に抱っこされても急に泣き出すような事はなかった。

けれど、一度に聞こえてきた耳慣れない声に驚いたのか、万里子たちが来てすぐに、葵がぐずり出した。

祝い膳の準備をしている夫婦に代わって、万里子が葵の相手を引き受けてくれた。

「葵ちゃん、駄菓子屋さんのおばあちゃんだよ。もう忘れちゃった？」

万里子が葵を抱っこして、歌うように節を付けて話しかける。

そこに田辺たちの手拍子が加わり、まるで音楽隊のように葵のあとをついて部屋を練り歩き始めた。

「何だか、すごく楽しそう」

雛子は将司とともに祝い膳を客間に運びながら、クスッと笑い声を漏らした。

お食い初めの儀式では、食べさせる真似をする役割の人を養い親と呼ぶ。それを務めるのは身内の中で赤ちゃんと同性の年長者だ。

ここにいる面々の中で、一番年長の女性は万里子で、彼女は快く養い親の役を引き受けてくれた。来客たちが、それぞれに歌ったり手をひらひらさせたりするうちに、だんだんと葵の機嫌もよくなってくる。

準備が整ったところで、雛子は一同を客間に通した。庭の草木は薄っすらと雪に覆われているが、空は明るく縁側の窓からは明るい日の光が差し込んでいる。

「いっぱい食べて、大きくなるんだよ」

「丈夫な歯が生えますように」

食べさせる役割を担う万里子が、葵の口元に食べ物を運び、タコで歯固めをして儀式が無事終了する。そのあとは、皆で祝い膳を食べ、葵の眠そうな顔を合図に万里子たちが帰っていった。

「いい一日だったな」

「ほんとに。楽しかったし、すごく嬉しかった」

夜になり、親子三人で風呂に入り、葵の寝かし付けを終えてから夫婦だけでリビングルームに戻った。デカフェを淹れ、ソファに並んで腰掛けて夜の庭を眺めながら、今日一日の出来事を振り返る。同時に、デジタルカメラで撮った写真を見て、それぞれに掛けてくれた祝いの言葉を思い出した。

「万里子さんたちに来てもらってよかったな」

「ほんとに。葵が大きくなってから、この写真を見て喜んでくれるといいな」

それを見ながら、雛子は将司の幼少期のアルバムに、一連の行事ごとに撮った写真がきちんと貼られていたのを思い出す。いずれの写真も出席者は大勢で、全員が盛装しており、集合写真はまるで何か大きな会合のような物々しさだった。

宮寺家の次期当主のはじめての子供なのだから、本来はこうあるべきなのかもしれない。しかし、将司は自分たちの好きにやろうと言ってくれたし、仮に親戚たちから苦情が来ても、いっさい受け付けないと断言した。

一応その旨を自身の父親に伝えたようだが、正一郎もまたそれで構わないと言ってくれたようだ。

(きっと、苦情があっても、ぜんぶお義父さんがストップをかけてくださってるんだろうな)

雛子は、心の中で正一郎に感謝する。義父は、葵が生まれてからも何度か会いに来てくれており、初節句の雛人形も用意してくれた。

互いに気を遣い合っているのか、義父が来るのはたいてい将司がいない時だ。

雛子は正一郎の来訪を喜んでいるし、来るたびに将司の昔話に花が咲く。

その際、雛子の知らないところで起きている将司と老齢の親族たちの確執についてもいくらか話を聞く事ができている。それによると、将司と彼らとの仲は以前よりも悪化しているらしい。

将司は、もはや彼らと和解するつもりはないらしく、今後何かあってもすべて正一郎を介してのみ連絡を取り合うと決めたようだった。

いったい何があって、そこまでこじれたのか——。

雛子が詳細を話すのを渋る正一郎に食い下がり、何とか教えてもらった事には、決定的な決別をもたらしたのは将司の第一子が女児であった事のようだ。

将司に対して、彼らがどんな言葉を投げかけたのか——。

これについては、さすがに義父も教えてくれなかった。

『あの将司がブチキレたところ、雛子さんにも見せてあげたかったな』

それは、用事があって将司が正一郎の家を訪れた際、あとからやって来た大叔父一行と鉢合わせた時の話であるようだ。

要は、宮寺家の次期当主たるもの、後継ぎとなる男児をもうけてこそ一人前。

それに付随して、もともと気に入らなかった庶民出の嫁に対しても何らかの言及があった事は想像に難くなかった。

『雛子さんは何も心配する事はないよ。あなたの事は将司が守るだろうし、古き悪しき時代を引きずる重鎮たちについては、私が責任をもって適当にあしらっておくから』
そんな考え方をする正一郎自身も、宮寺家当主として、様々な苦労があったのだろう。彼自身も考え方は将司寄りであり、不要な因習や時代にそぐわない考え方は、自分の代できっぱり終わらせるつもりであるらしい。
『それが、子供だった頃の将司に寄り添ってやれなかった事への、せめてもの罪滅ぼしだ』
義父のそんな決心が将司にも伝わったのか、頻繁に顔を合わす事はないけれど、父子の関係は前よりもずいぶん良好になってきたように思う。

年度末になり、例年どおり将司の大学での仕事も忙しさを増している。

この時期は事務的な仕事も多く、次年度の授業の準備もしなければならない。

しかし、そんな中、彼は配偶者の出産に伴う育児休暇を取ってくれた。

「そんな事をして、大丈夫なの？」

雛子は大いに心配したが、将司が言うには、自分が養育休暇を取る事が、職員にもっと育児に関する制度を利用してもらうアピールになるのだという。

「それに、改革をしようと思うなら、まずは使ってみないと改善点を見つけにくいだろう？」

「それはそうだけど――」

「大丈夫。僕が学生を犠牲にするわけがないだろう？　連続して取るわけじゃないし、リモートでできる仕事はやるつもりでいる。周りにも迷惑が掛からないように配慮してるから、心配しなくていいよ」

「そうなの？　だったら、よかったけど」

将司の取った養育休暇の期間は、三月一日からの一カ月間。

ひと月まるまる休むのではなく、週五日の出勤日のうち二日間を休んで、残りの三日は基本的に残業はしない。

学生たちの質問や相談など、どうしても必要な時は休日でもリモート対応する。

その他、実験的にやってみる事もあるようで、将司自身も手探り状態であるようだ。

「あまり無理をしないでね」

「わかってる。変則的な勤務になるけど、よろしく頼むよ」

「私こそ、よろしくね」

世の中には、いわゆるイクメンを気取る割には、さほど役に立っていない夫が山ほどいる。

雛子自身一ツ橋商店のアルバイトを通じて、子供を待つ母親たちからいろいろと話を聞いている。

そもそも夫自らが休暇取得に積極的な人は少ないし、いざ休んでも育児に消極的な場合もあり、中には養育のための休暇を自分の休みだと勘違いする者までいる始末。オマケに、義両親から夫の呼び出しが掛かったり、何かとネチネチ嫌味を言われたりする場合もあるらしい。

結婚以前にも、あらゆるメディアからある程度そんな情報は耳に入っていた。

雛子は将司とそんな話をしながら、つくづく自分は恵まれていると思った。

「将司は理想的な旦那さまだし、子供を持つ父親の鑑だよね。将司がいてくれると思うと、すごく心強い」

「そう言ってもらえて、嬉しいよ」

将司の妻子に対する愛情は溢れるほどで、彼が家族を第一に考えてくれている事は火を見るよりも明らかだ。

将司が担当する多くの学生たちにとって、彼は誰にも代え難い存在だ。

なおかつ、雛子と葵にとっても唯一無二の人であり、将司自身もそれらをわかった上でそれぞれの立場を全力で守ろうとしてくれている。

彼は、とことん優しくて真面目な男だ。

それが伝わってくるから、雛子を含め皆安心して将司と関わっていられるのだろう。


本格的な春を迎え、庭に咲く桜も満開の時期を迎えた。

薄いピンク色の花に陽光が降り注ぎ、風が吹いてゆらゆらと揺らめく。

「葵、桜が綺麗に咲いたね。見えるかな？」

四月になったばかりの月曜日、雛子は縁側で葵とともにお花見をしていた。

桜は樹齢百年を超えており、定期的に専門家がメンテナンスをしてくれているおかげで、毎年見事な花をつける。

「あぶー」

葵は、今月で生後五カ月になる。この頃では「ままま」や「ばばば」などの喃語を発声するようになり、可愛い事この上ない。

「ぶぶー」

「パパ？　パパは、今日はお仕事よ。葵はパパが好きだねぇ。ママもだーい好き。私たち家族は、相思相愛だものね。——さてと、そろそろご飯にしようか」

雛子はキッチンに向かうと、葵をベビーチェアに座らせて昼食の準備に取り掛かった。

ベビーチェアのテーブルに先日正一郎が買ってくれた歯固めを置くと、葵がさっそくそれをもって遊び始める。

「今日は、三回ごくんしてみようか。そのあと、おっぱいを飲んで、ねんねかな」

葵は両親が食事をするのを見るたびに興味津々の様子で、椅子に座らせていても身を乗り出してくる。

今月になってから、試しにごく薄いかゆを食べさせてみたところ、何の抵抗もなくひと口目をごくんと飲み下した。

それ以来、少しずつ量を増やしているが、今のところ順調に食べ進めている。

葵の離乳食と自分の昼食を用意すると、雛子は葵のベビーチェアをダイニングテーブルまで移動させた。

最近の葵は、夜もまとめて眠れるようになっており、一時期苦労した夜泣きもほぼなくなった。おかげで、夫婦も夜はぐっすり眠れるようになり、睡眠不足や互いへの健康上の心配もかなり解消されている。

「あ、郵便屋さんかな?」

家の前にバイクが止まる音が聞こえ、その後郵便受けの差し入れ口が開くカタンという音がする。

去年の十一月、雛子は商店街を舞台にした物語を書いた。

それを「燈出版」という出版社が主催する「燈絵本大賞」なるコンテストに応募した。結果発表は同社のホームページに掲載される前に、応募者全員に郵送で送られてくる事になっている。

そろそろ、それが送られてきてもいい頃だ――。

雛子はバイクが走り去る音を聞いたのち、ソワソワと玄関のほうを見た。

「落ち着いて……。結果が来たとは限らないし、今は葵の離乳食を食べさせるほうが大事だものね。はい、あーん」

小さな口が開き、柔らかなスプーンをそこに近づける。

葵がパクリとそれを口に含み、目をぱちくりさせながらむぐむぐと頬を動かす。

「だだー」

小さな足がぴょこぴょこと動き、機嫌よさそうに手をバタバタさせる。それが、もうひと口ほしいという合図だった。

「はい、じゃあ、もうひと口……あーん」

そう言ってスプーンを葵の口に運ぶ雛子の顔は、常に笑顔だ。

もうだいぶ目前の者が見えているはずだし、そもそも葵のそばにいると可愛くてついにやけてしまう。

むろん、どうあやしても泣き止まない時はあるし、未だに寝かし付けに苦労する。たいへんな事は山ほどあるが、それでも葵との時間は楽しくて愛おしい。

日に日に成長していく今の時期は、ことさら大事だし、その小さな一歩一歩を見逃したくなかった。

離乳食を食べさせる合間に自分用に作ったおにぎりを頬張り、葵と一緒にもぐもぐと口を動かす。

そんな何でもないひと時が、嬉しくて仕方がない。一日に何度もスマートフォンで葵の写真を写し、仕事が終わる頃に将司とそれらを共有する。

親ばか丸出しの夫婦は、夜は愛娘が眠ったあとで写真を見ながら我が子の成長を喜ぶのが常だ。

離乳食と昼食を食べ終え、リビングルームのソファに移動して授乳する。

葵を抱っこして一心にお乳を飲む顔を見ていると、目が合ってじっと見つめ合う事があった。そのたびに親子の繋がりを感じるし、幸せな気分で胸がいっぱいになる。

まさに一番の宝物だし、我が子以上に大切なものなどこの世には存在しないと実感する――。

「ただいま」

午後八時過ぎ、将司が出張先から帰って来た。

彼は、朝一番の新幹線で出張に出かけていた。行き先は関西方面で、本来なら現地に一泊する予定だったが、自腹を切って飛行機で帰り、日帰り出張に切り替えたのだ。

「おかえりなさい。出張、お疲れさまでした。ぜんぶ上手くいった？」

雛子は、ちょうど葵の寝かし付けが終わり、リビングルームに戻って来たところだった。

「ああ、すべて滞りなく終わったよ。葵は、もう寝たのか？」

「うん。ちょうど今、寝かし付けが終わったところ。――あ、お土産だ」

「向こうで一緒だった教授に、美味しいからって勧められたんだ。できれば今日中に食べたほうがいいみたいだよ」

「わぁ、ありがとう」

手渡された紙袋には、現地でしか買えないスイーツが入っている。

雛子は、お茶を淹れるためにキッチンに向かおうとした。

「ちょっと待って。ほら、これが郵便受けに届いてたよ」

将司が差し出してきた茶封筒を受け取るなり、雛子は「あっ」と声を上げた。

葵の世話に夢中になり、うっかり郵便受けをチェックするのを忘れていた事に気づく。茶封筒には「燈出版」の社名と住所などが印字されている。

「こ、これ……結果……」

「コンテストの結果が届いたんだろうな。開けてごらん」

将司が食器棚の引き出しに入れてあるはさみを取り出そうとする。

雛子は、それに待ったをかけて、大きく深呼吸をした。

「ちょっと待って。お茶を淹れて、お菓子の準備をしてから開ける事にする。将司も着替えを済ませてきてね」

「わかった。一人で大丈夫か？」

そう言われてしまうほど、雛子の顔は強張っていた。

「うん、平気よ」

かろうじてそう答えて、キッチンに向かう。

すでに心臓がバクバクで、お茶を淹れる手元が若干震えている。

（結果が来た……。もうじき、結果がわかる……）

お茶を淹れ終えてリビングルームに戻ると、すでに将司がソファに腰掛けてお菓子をテーブルの上に載せてくれていた。

開けられた箱の中には、生クリームと餡がたっぷりのどら焼きが入っている。

「わ、美味しそう」

まずは淹れたてのお茶をひと口のみ、気持ちを落ち着かせる。

それから、将司に手渡されたはさみで封を切り、そろそろと中に入っている紙を取り出した。

「……んん……えいっ！」

硬く目を閉じたあと、気合を入れて広げた紙をテーブルの上に載せた。

恐る恐る印字されている文字を見て、ハッと息を呑んだまま固まる。

「おめでとう、雛子！　審査員特別賞だ！」

送られてきた紙には、受賞の知らせとともに、講評も書かれている。

「『言葉選びが上手い。読み聞かせに適している』『言葉だけでなく、絵でも作者の思いが伝わってきた』――。よかったな、雛子。これで雛子も絵本作家になる夢を実現させる第一歩を踏み出したね」

大賞と審査員特別賞は、ともに書籍化が確約されている。

大賞こそ逃したが、自分の作り上げた物語が絵本になって人々の手に渡るのだ。

「ありがとう、将司っ……！」

雛子は将司の首に抱きついて、受賞の喜びを噛みしめる。

コンテストへの応募は二回目だが、これらのほかにもいくつかの物語を書き上げ、埋もれさせてきた。

書いている途中で何度となく挫折しそうになり、実際に完結しないままで筆をおいたものもたくさんある。

そして今、ようやく作家としての第一歩を踏み出したのだ！

「雛子、よく頑張ったね」

目を見つめながらそう言われて、雛子は嬉しさのあまり涙ぐんだ。

これも将司に導かれ、時に厳しく指導してもらいながら、コンテストに出せる作品を書けるようにしてもらったおかげだ。

雛子がそう言うと、将司がにっこりと微笑みを浮かべながら、両手で頬を包み込んできた。

「何を言ってるんだ。これは、雛子が努力し続けた証だ。僕は、そのサポートをしただけで、雛子自身の頑張りがなければ、得られなかった結果だよ」

彼は雛子の額にキスをすると、どら焼きをふたつ箱から取り出して、そのうちのひとつを手渡してくれた。

「ほら、どら焼きで乾杯だ」

将司に言われて、夫婦はどら焼きで乾杯の真似をする。

ひと口食べ、その美味しさに思わず頬が緩む。

「嬉しい……ものすごく嬉しいし、美味しい……。ありがとう、将司。私、将司と巡り合えて、本当によかった――」

彼と出会い、雛子は自分の夢を実現させた。

将司は、雛子にとって最愛の夫であると同時に、幸運の王子さまでもあるのだ。

雛子は半分になったどら焼きを持ったまま、もう一度将司の首に腕を巻き付かせた。

そして、心からの感謝を込めながら「愛してる」と囁きかけるのだった。

桜が散り、庭に植えたチューリップが咲き始めた頃、雛子は将司とともに葵のお宮参りに出かけた。

今日は親子三人水入らずの参拝で、夫婦はフォーマルな洋装だが、葵は色鮮やかな赤の祝着を着ている。それは葵の祖父である正一郎が夫婦の意見を聞いた上で、京都の呉服問屋に仕立ててもらったという総絞りだ。

宮寺家と古くからの縁があるというその神社には藤棚があり、ちょうど薄紫の花を綺麗に咲かせている。

「いい天気で、よかった。葵、お花綺麗だね」

雛子は、藤棚の下で腕の中にいる葵に話しかけた。

母親の言う事がわかったのか、葵が上を向いて手を伸ばすような仕草をする。

御祈祷を受けたあとは、懇意の写真館で記念の写真を撮り、予約を入れておいた懐石料理店で食事をした。

すべてが終わる頃には、葵はもう夢の中で、帰りの車の中でも一度も起きなかった。

帰宅したあと、すべて無事終わった事を正一郎に連絡する。

電話に出た義父は、嬉しそうな声で「よかった」と言ってくれた。

「お義父さん、本当は一緒にお宮参りをしたかったんじゃないかな。あんなに立派な祝着まで用意してくれたんだもの」

「堅苦しい行事は苦手だから、大丈夫だ。今度来た時に、今日撮った写真を見せれば満足するんじゃないかな。それより、明日は出版社とのミーティングがあるんだろう？　駅からの道順はチェックしたのか？」

「大丈夫。行き方は、もう頭に入っているから」

雛子は、少々方向音痴で、はじめての場所に行く時は必ず地図で道順をチェックする。

もう何度も頭の中で出版社への道筋を巡り、予行練習はばっちりだ。

「いよいよ書籍化の作業が本格的になってきたな。自分の思う事は、きちんと伝えて、いいものを作り上げられたらいいね」

「緊張するけど、頑張ってくるね」

審査員特別賞をもらったあと、担当者から連絡があって今後のスケジュールを大まかに知らされた。

まずは、一度顔を合わせて物語の世界観や内容を確認し、出版に向けて作業を進めていくようだ。

何もかもはじめてで、すべてが手探り状態だが、せっかく掴んだチャンスを逃すわけにはいかない。

是が非でも今回受賞した作品を書籍化し、できた絵本を葵に読み聞かせる――。

それまでは、ぜったいに諦めない。

雛子は夢の実現に向けて、改めて努力を惜しまないと心に決めるのだった。

春が過ぎ、暑かった夏が終わり、季節は秋に移り変わった。

葵がいる生活は毎日が忙しく、あっという間に一日が終わる。

母子手帳片手に乳幼児検診や予防接種の予定を入れ、ひとつずつそれらをこなしていく。

その合間にベビーカーや抱っこで公園や児童館を訪れ、葵に外の世界がどんなものか見せていった。

見るものが、すべて目新しい様子の葵は、家の中で遊ぶよりも外に出かけたほうが機嫌がいい。

「葵ったら、怖いもの知らずで困っちゃう。今日なんか、ベビーカーのフロントガードにとまったショウリョウバッタを食べようとするんだもの」

「葵は食いしん坊だからな。緑色のバッタが美味しそうに見えたんだろう」

将司が虫を摘まんで、口に入れるジェスチャーをした。

雛子は目を剥いて、彼の手を掴んだ。

「うわぁ、食べちゃダメ！　って、将司ったら、前はそんなジェスチャーもできないほどの虫嫌いだったのにね」

「僕も、庭の手入れをするようになってから、ずいぶん慣れたからね」

雛子の妊娠をきっかけに、将司は身重の妻を気遣って庭の草花の世話を買って出てくれた。それは今も続いており、先日も夫婦揃って庭に新しく花の苗を植えたところだ。

夫婦は葵の事をあれこれと話すほかにも、毎日いろいろな事を語り合う。

それぞれに忙しくしているが、会話なくしては、いつしかすれ違うようになりかねない——。

むろん、自分たち夫婦に限っては、そんな事はないに決まっている。

しかし、将司は夫婦にとって会話がいかに大事かを身をもって知っており、ことさらに二人の時間を大切にしてくれているのだ。

それはとてもありがたい事であり、夫婦は葵の誕生を機に、ますます互いへの愛情を深めている感じだ。

その一方で、将司はかねてより取り組んでいた養育支援制度の改革に本腰を入れており、現在は理事会の承認を得て大学内に保育施設を開設する事業に携わっている。

上手くいけば、来年の年度末には、子供を持つ職員たちが利用できる学内保育園ができる予定だ。

雛子はといえば、念願だったコンテスト入賞作品の発売が、ようやく決定した。

その日は、奇しくも葵の一歳の誕生日の一日前だ。

「絵本の出版、おめでとう！　それにしても、絵本が本屋さんに並ぶっていうのは、思ったより時間がかかるものなんだねぇ」

十一月はじめの月曜日、雛子は葵を連れて一ツ橋商店を訪れていた。

出版の報告を聞いた万里子は、手を叩きながら感慨深そうな顔をする。

もうじき一歳になる葵は、何日か前から一人でよちよち歩きをするようになった。

積み木遊びや、クレヨンでなぐり書きもできるようになり、前に比べるとずいぶん世話も楽になった感じだ。

その分、目を離せなくなり、時に人の手を借りたくなる事もある。

それを万里子に話したところ、少しずつ店でのアルバイトを復活させないかと提案してくれた。

「たとえば、昼間の何時間かでもいいのよ。ここに来れば、いろいろな人と顔を合わせるし、相手もしてくれるでしょう？　私は雛子ちゃんが来れば、それだけ助かるし葵ちゃんにも会える。どう？　一石二鳥だと思わない？」

そんなふうに言われて、雛子は将司に相談した上で、その申し出をありがたく受ける事にした。

以後はだいたい一週間単位で時間を決めて一ツ橋商店でアルバイトをしている。

「うちは孫が遠くにいるから、葵ちゃんの顔を見るのが楽しみでね」

「葵ちゃんは将来美人になるね。これは、お婿さん選びがたいへんだな」

二人で交互に店番をしていると、商店街の人たちがかわるがわるやってきて葵の相手をしてくれた。

何人もの新しい顔を見るたびに、葵は目を丸くして驚いた顔をする。

少し前に人見知りが始まっていたので、慣れないうちは怖がって泣き出す事もあった。けれど、皆に優しくしてもらううちに、すっかり慣れて、今では知った顔を見るとニコニコと笑うようになっている。

それが嬉しいと言ってくれる人も大勢おり、今や一ツ橋商店は子供だけではなく大人の憩い場になっていた。

「雛子ちゃん、もうじき葵ちゃんの誕生日ねぇ。その日は、お家でお祝いかな?」

万里子が、店の奥で葵と積み木遊びをしながら訊ねてきた。

「平日だから、将司さんが帰ってきてから、お誕生日ケーキでお祝いするつもりです」

「その次の日が絵本の出版日だものね。一日違いだけど、何だか感慨深いわね」

二人の話をよそに、葵は一人積み木を両手に持ってカチカチと音を立てている。

この頃の葵は、いくらか一人遊びが上手になってきており、雛子はそんな姿を見るにつけ、愛娘の成長を感じていた。

「それでね、この間千鶴子ちゃんに頼まれたんだけど——」

千鶴子ちゃんというのは、商店街にある「竹内書店」の女性店主だ。

万里子と仲のいい彼女は、一ツ橋商店にもよく顔を出してくれる。

千鶴子は店で雛子の絵本を大々的に売り出そうとしており、店頭に陳列する際に飾るポップと色紙を作者本人に書いてもらいたいと頼んできたらしい。

「わ、私が色紙とポップを？」

「そうよ。うちで値札とか可愛く書いてくれているし、ぜひ頼みたいんですって。色紙に関しては、竹ちゃんの知り合いの本屋さんもほしいって言っている人が何人かいるみたい。それと、この近くの図書館で、雛子ちゃんに絵本の読み聞かせをしてくれないかっていう話が——」

「ちょっ……ちょっと待ってください！　よ、読み聞かせって……もしかして、私の絵本を読み聞かせをするって事ですか？」

「もちろん、そうよ。これについては、田辺さんの娘さんが図書館で司書をしてるから、その関係で話が持ち上がったみたいよ。いい話じゃないの。雛子ちゃんも言ってたじゃない。自分でも絵本を宣伝しないとって」

「た、確かに、言いました。言いましたけど……」

雛子は世間一般の人が閲覧できるＳＮＳなどはやっておらず、宣伝するとしてもアナログなやり方に限られていた。

商店街の人たちからは協力をすると言ってもらっていたが、まさか、こんなにとんとん拍子に話が決まるなんて思ってもみなかったのだ。

「雛子ちゃんは、もっと私たちを頼っていいのよ。前にも言ったけど、私はあなたにこの店を託してもいいと思うくらい雛子ちゃんを大事に思ってるの。血の繋がりよりも心の繋がりのほうが強い場合だってあるでしょう？」

「万里子さん……ありがとうございます！」

確かに、そうだ。

雛子自身、両親とは絶縁状態で、祖父母が亡くなってからは親戚との交流も絶えた。

将司も大勢いる一族の次期当主でありながら、親戚とは縁が薄い状態が続いている。

そんな中、夫婦を気にかけ、そばにいてくれたのは、ほかでもない万里子をはじめとする商店街の人たちだった。

そして今、雛子の絵本がより大勢の人の目に触れるよう、力を貸してくれようとしているのだ。

「いいんですか？　ここまでしてもらって……。私、何のお返しもできないのに」

「お返しなんていらないの。そもそも、そんなもの期待してないし、みんな好きでやるんだから。人って、そういうものじゃない？　大好きな人のためになるなら、やってやろうっていう気持ちになるのよ」

「っ……」

肩をポンと叩かれ、思わず涙が零れた。

万里子の話を聞いているうちに、彼女たちがいてくれるありがたみを再認識したし、言われた言葉が心に染み入っていくのがわかった。

「雛子ちゃん、前に、ご両親の事を話してくれた事があったわよね。置いていかれて、辛かったわよね。でも、大丈夫。私や商店街の人たちは、雛子ちゃんを途中で放り出したりしない。だから、安心して頼っていいのよ」

万里子の言うとおり、雛子は以前、自分の両親について彼女に詳しい話をした事があった。

離婚を機に祖父母のもとに預けられた事。

小学生の頃、一度だけ父親から連絡があり、また同じ屋根の下で暮らせるようになるかと期待した事。

けれど、結局父親は帰ってこず、その後は一度たりとも連絡がないままである事などなど——。

自覚していなかったが、きっと両親から見捨てられ、裏切られた時の記憶を忘れられずにいたのだろう。そのせいで、本来もっと信頼して頼るべき人に対しても、遠慮したりためらったりする気持ちを拭えなかったのだ。

「ありがとうございます」

雛子が泣き顔のまま頷くと、万里子が顔を笑顔でくしゃくしゃにしながら掌で涙を拭ってくれた。

以前、将司にもそうしてもらった事がある——。

本当に優しい人は、どこか似ているところがあるのかもしれない。

雛子は万里子の手に自分の掌を重ね合わせると、彼女と同じように顔をくしゃくしゃにして笑い声を漏らすのだった。

第五章　幸せの道筋

庭の桜の木にアブラ蝉が止まり、朝からひっきりなしに鳴いている。

最初の絵本が出版されてから九カ月後の八月、雛子は二冊目の絵本を描いている最中だ。

出てくるのは、都会の一軒家の庭に住む虫たちと、その家に住む女の子。

女の子のモデルは葵で、舞台は言うまでもなく我が家だ。

今回も絵は雛子自らが担当する事になり、上手くいけばシリーズ化しようという話も出ている。

もとは児童文学の作家を目指していたし、今も書きたい気持ちはある。けれど、葵という娘を持った今、やはり絵本を書きたいという思いのほうが強い。

そんな事もあり、当面は絵本だけに集中する事にしたのだ。

「せみ！　パパ、とって！」

一歳九カ月になった葵が、縁側の隣に腰掛ける父親の腕をペチペチと叩く。その手を愛おしそうに眺めたあと、将司が愛娘を膝の上に抱き上げた。

「葵、蝉はさなぎからようやく成虫になって、一生懸命鳴いているんだ。だから、見守っていてあげよう。虫かごに入れておくのは、可哀想だからね」

「かあいそう……？」

「そう。可哀想だ。葵だって、狭いところは嫌だろう？」

将司が悲しそうな顔で、葵を見る。

それを見た葵も、同じように眉尻を下げた。

「将司ったら……」

二人の間に切り分けたスイカを載せた皿を置くと、雛子は小さくぷっと噴き出した。

「葵には、ちょっと難しすぎる言い回しね。それに——」

「しーっ。僕が、まだ蝉だけはどうしても苦手だっていうのは内緒だぞ」

雛子が隣に腰掛けると、将司が身体を傾けて耳打ちをしてくる。

土曜日である今日は、商店街で夜祭りがある。

出店がたくさん出るし、万里子からも誘われており、親子三人で顔を出す予定だ。

「ふふっ、わかってます。ねえ、葵。パパ、浴衣が似合ってて、かっこいいね」

雛子が話しかけると、葵がニコニコ顔で、こっくりと頷く。

「葵、かっこいいって言葉は、すぐに覚えたのよね。あとは、美味しいとか、可愛いとか。やっぱり、親がしょっちゅう言う言葉だからかな？」

葵が将司の膝から身を乗り出し、スイカにかぶりつこうとする。

「葵、ちょっと待って」

このままだと、せっかく正一郎が買ってくれたアサガオ模様の浴衣がスイカまみれになる。

将司が愛娘を引き留めている間に、雛子は立ち上がって葵にエプロンを着せかけた。

「やっぱり浴衣を着せるの、早すぎたかな？」

「もし汚れたら甚平に着替えたらいい。あれも可愛いし、あっちのほうが動きやすそうだ」

正一郎は浴衣と一緒に花火模様の甚平も買ってくれており、普段の遊び着として活躍中だ。

「確かに、あれも可愛いよね」

子供用の皿に小さく切り分けたスイカを載せ、葵の前に差し出す。

葵がさっそく手を伸ばし、スイカを美味しそうに食べ始める。

「葵、ママの切ったスイカは美味しいね」

将司の呼びかけに顔を上げた葵が、スイカを頬張りながら、にっこりする。

「おいしー」

早々に顔中をスイカの汁で濡らしている葵を見て、夫婦は顔を見合わせて笑い出した。

「ママ」

葵が雛子に向かって両手を伸ばし、抱っこをせがんできた。

今が幸せである限り、絵本のアイデアは尽きる事はなさそうだ。

雛子は笑顔で愛娘を抱き上げると、スイカの汁でベタベタになっている顔に繰り返し頬ずりをするのだった。


庭に咲く青色の紫陽花が、少しずつ緑色に色変わり始めている。

葵が生まれて四度目の冬が過ぎ、季節は春を経て夏になった。夫婦は前にも増して仲がよく、親子三人幸せな毎日を送っている。

七月になって数日経った平日の午後、雛子は葵を自転車のうしろに乗せて商店街に向かってペダルをこいでいた。

昼からの気温は三十度を超えており、歩けばものの数分で全身がじっとりと汗ばむほど湿度が高い。

けれど、自転車に乗れば空気は一変し、風を切って走る感覚は嫌いではなかった。

「あのね、ママ。今日は折り紙で七夕飾りを作ったんだよ。お星さまを、たぁくさん作ったの。あとでママたちにも分けてあげるね」

今年四歳になる葵は、春から近所にある幼稚園の年少さんになった。

送り迎えは自転車で、雨風が強い日のみ車を出す。

保育時間は午前九時から午後三時まで。今でこそ機嫌よく通っているが、はじめは泣いて行き渋る事もあった。

自転車での送迎は天候に左右されがちで、たいへんな事は多々ある。けれど、街の風景を眺めながら母子でおしゃべりを楽しむ時間は、毎日積み重なっていく大切な思い出のひとつだ。

「ありがとう、葵。今年の七夕はお天気がよさそうね」

「ほんと？　じゃあ、織姫さまと彦星はデートできるの？」

「デ、デート？」

そんな単語をいつどこで覚えたのか、葵がニコニコ顔で訊ねてきた。幼稚園児にしては整った目鼻立ちは、将司が小さかった頃にそっくりだ。

「そうね、たぶん大丈夫よ」

「よかったぁ！」

葵が、手を繋いだままくるりと一回転する。

「じゃあ、明後日も大丈夫？」

一ツ橋商店がある駅前の商店街は、毎年七月になると七夕の飾り付けをする。それに合わせて、それぞれの店も小規模なセールを行ったりしていたが、一昨年から商店街の振興会の提案により七夕の夜市を行う事になった。

開催は七夕がある週の土曜日で、今年は明後日に開催される。

当日は商店街だけではなく、近くにある小公園に続く道にも屋台が並ぶ予定だ。

「日曜日まで天気みたいだから、きっと大丈夫」

「やったー！」

葵が自転車のうしろで歓声を上げた。

ペダルをこぎ進め、駅前の商店街入り口に到着する。

雛子は自転車を下りて、葵を抱っこしてチャイルドシートから降ろした。

アーケードの中に入り、自転車を押しながら母子で並んで歩く。

通りすがりに何人かの人たちに「おかえり」と声を掛けられ、葵がそのたびに元気な声で「ただいま」と返事をする。

葵が入園してひと月後、雛子は一ツ橋商店のアルバイトに復帰した。

勤務するのは葵が幼稚園に行っている間の時間帯で、以前同様土日祝日は休みだ。

幼稚園は自宅から商店街に行く間にあり、朝は葵を登園させてから一ツ橋商店に向かう。午後は時折、今日のように葵を迎えに行ったあとで再度店に戻る事があった。

「万里子さん、ただいま！」

雛子が一ツ橋商店の駐輪所に自転車を止めている間に、葵が一足先に店の中に入る。

「おかえり、葵ちゃん！」

荷物を持って店の中に入ると、葵が万里子と手を取り合っているところだった。

万里子には孫が三人いるが、いずれもすでに成人しているしそれぞれに忙しくめったに会えないようだ。

そんな事もあり、万里子は葵をたいそう可愛がってくれている。葵自身も万里子に懐いており、傍から見たら本当の曾祖母と孫のようだった。

「雛子ちゃん、葵ちゃんは私が見ておくから、お買い物に行っておいで」

「ありがとう、万里子さん。じゃあ、ちょっとお願いします。何かついでに買って来てほしいものはないですか？」

もともと腰が悪かった万里子だが、最近では買い物に行く時はシルバーカーを持ち歩いていた。それがあると荷物を持ち運ぶのに便利だし、杖の代わりになるから安定して歩ける。

しかし、昼間は店番があるから出歩けないため、たまに雛子に買い物を頼む事があるのだ。

「いつも悪いわね」

「ママ、いってらっしゃい。葵、先に万里子さんにお星さまをあげていい？」

葵が幼稚園バッグから折り紙の星を取り出す。小さな手と同じくらいの大きさの星は、どれも皆キラキラとした光沢のある折り紙で折られている。

「もちろん、いいわよ」

万里子にメモを渡され、雛子はショッピングバッグを携えて買い物に出かけた。

店を出る前にうしろを振り返ると、葵が笑顔で手を振ってくれていた。

（我が子ながら、可愛いなぁ。それにしても、葵は本当にいい子に育ってるよね）

一歳前後は人見知りをする事があったが、今ではもう誰に対してもハキハキとした声で話し掛け、屈託のない笑顔を向ける。

雛子自身はといえば、小学校の低学年の頃まで人見知りが激しく、極端に口数が少なかった。今思えば、その時期は両親が喧嘩ばかりして、離婚話が進んでいた頃と重なっていた。

良くも悪くも、子供の成長には少なからず育った環境が影響する。両親に見捨てられたとわかった時には、とても悲しかった。けれど、祖父母が心を尽くして育ててくれたおかげで、前向きに生きられるようになった。

葵に寄り添ってくれる祖父母は父方の祖父である正一郎のみで、ほかに親しく行き来する親戚はいない。

けれど、葵には可愛がってくれる商店街の人たちがいる。彼らは葵の成長を見守り、必要に応じて手を差し伸べてくれた。

それを心からありがたく思いながら、雛子は万里子に頼まれた買い物をするためにアーケードの外に出て自転車を駆った。


七夕の夜、雛子は葵を寝かし付けたあとで庭を望む縁側に腰掛けて、一人夜涼みをしていた。

時刻は午後十時。

ここ数日、梅雨の中休みのような日々が続いており、空には丸い月が浮かんでいる。

縁側に来る前に書斎の前を通ったが、将司はまだ仕事中だった。

彼は去年から文学部長に就任し、ますます活躍の幅を広げている。ここ数年で教育者兼翻訳家としての知名度も上がり、将司から学びたいという理由で東伯大学を受験する学生も少なくないようだ。

相変わらず多忙な彼だが、結婚当初から家庭を大事にするというスタンスは変わらない。

今夜も少し遅くなるものの、仕事が終わり次第、縁側で落ち合う事になっている。

（翻訳の締め切りが近いって言ってたし、あと一時間くらい掛かりそうかな）

家族思いの彼は、七夕の今日はいつもより少し早めに帰ってきてくれた。そして、昨日庭の真ん中に建てた笹に短冊などで飾り付けをしたあと、空を見上げながら織姫と彦星の再会を祝ったのだ。

（葵も将司も、五色そうめんをたくさん食べてくれたな）

あまり知られていないけれど、七夕の行事食はそうめんだ。それを教えてくれたのは万里子であり、それ以来毎年七夕の夜にはそうめんをメインにした食事を食卓に並べている。

家事に育児に忙しい日々を送っている雛子だが、筆は遅いしマイペースではあるけれど今も絵本作家として活動中だ。

かつて「プロを目指す児童文学講座」でともに学んだ人たちとは今も交流があり、定期的に顔を合わせる仲だ。そのうちの一人は三年前にとある児童文学賞を受賞して、作家としてデビューした。

皆会うたびに、もっと精力的に書いたらどうかと言ってくれるが、子育て中の今は現状のままがちょうどいい。

別に無理をしているわけではなく、我が子といる時間が楽しくて仕方がないのだ。夫は仕事に協力的で、家事や育児は夫婦で協力してやっていこうと言ってくれている。幸いにも絵本作家としての仕事はもらえているし、こんなに幸せな事ってあるだろうか？

（ううん、ないよね）

人にはそれぞれに幸せのものさしがあり、雛子にとって今が一番幸せだ。とても充実しているし、これ以上望めばバチがあたるのではないかと思うほどの幸せを感じている。

雛子は大きく息を吸い込みながら、空に向かって両手を広げた。新しい空気で胸の中をいっぱいにした。

少し風が出てきたようで、縁側の前に飾っている笹飾りがサラサラと涼やかな音を立て始める。これで、夜空に少しだけ広がっている薄雲が一掃されるだろう。

むろん、いくら周りが閑静な住宅街でも、都心では満天の星は望めない。けれど、一日中灯りが点いているビルなどがないおかげで、家の中の灯りを消せば、かなりの数の星を見る事ができた。

こうしていると、子供の頃の事を思い出す。

祖父母と暮らした田舎では、夜に空を見上げるとたくさんの星が見えるのが当たり前だった。もう二度と帰る事はないだろうが、楽しかった日々の思い出はいつまでも胸の奥に残り続けている。

空を見上げながら葉音に耳を傾けていると、背後のリビングルームを照らしていた灯りがふっと消えた。家を囲む塀の向こうには街灯があるが、庭木に阻まれて灯りはここまでは届かない。

「雛子」

すぐに聞こえてきた声で、灯りを消したのが将司だとわかった。振り返ると、手に携帯用のランタンを持った彼が、こちらに歩いてくるのが見えた。

「将司、お仕事はもう終わったの？」

「ああ、終わったよ。待たせてすまなかったね」

「もっと時間がかかると思ってた」

「雛子と待ち合わせをしてたし、頑張って早く終わらせたんだ」

近くまで来た将司が、雛子の右隣にゆっくりと腰を下ろした。ほのかに漂ってくる石鹸の香りが、雛子の鼻孔を心地よくくすぐる。

「いい夜だね。天気もいいし、もう少し星が見えるかと思ったんだが――」

将司が目を瞬かせながら眼鏡を外し、肉眼で空を見上げる。

雛子は月光に浮かび上がる横顔に見惚れながら、手に持ったうちわでパタパタと自分たちを扇いだ。

「そうなの。ちょっと月が明るすぎるみたい。でも、晴れてよかった。去年は天気が今ひとつよくなかったものね」

過去の天気を調べてみると、七夕に晴れる確率は決して高くない。

そもそも関東地方は梅雨が明ける前である事がほとんどだし、天気がいいほうが珍しいくらいだ。

「明日の夜市も晴れそうでよかった」

「ほんとに。葵もすごく楽しみにしてて、寝る寸前まで夜市の話をしてたのよ」

将司が手を伸ばし、笹飾りに付けた空色の短冊を手前に引き寄せた。

葵があいうえお表を見ながら書いたそれには「デートできますように」と書かれている。

本当は、その前に「おりひめさまとひこぼしが」と書きたかったようだが、短冊に書くには字数が多すぎて割愛したのだ。

「葵は優しいな。これなら、七夕を祝う人すべてに対する願いになる。おかげで、僕も雛子とデートできた」

「将司ったら……」

結婚六年目を迎えた夫婦は、近所でも評判のおしどり夫婦だ。

将司に関しては、何の不満もない。

今も家事に関しては苦戦を強いられている彼は、引き続き雛子からレクチャーを受ける身だ。いまだ完璧とは言い難いが、料理に関しては結婚当初よりは着実にできるようになっている。

作れるメニューも増えているし、簡単な朝食作りはお手のものだ。

子供が生まれると夫婦の関係性が変化するパターンが少なくないようだが、雛子たちに関しては互いへの愛情が深まる一方だ。

将司は夫婦の会話を以前にも増して重要視しており、プライベートでは寡黙だった過去が想像できないほど甘い言葉をかけてくれるようになっている。

おかげでしょっちゅう胸がキュンとするし、今も日々彼に恋心を奪われ続けている。

そんな幸せに包まれた生活を送る中、雛子にはただひとつだけ抱えている悩みがあった。

葵が一歳になったのを機に、夫婦は二人目を作る事にした。けれど、二年八カ月経った今も、雛子は妊娠できないままだ。

一人目は妊活を始めてすぐにできたから、特に何もせず自然に任せていた。

しかし、どうせ作るなら早いほうがいい。一年過ぎたあたりで夫婦で話し合い、自分たちにできる範囲での対策を講じた。

それでも妊娠に至らない。

なかなか二人目ができず悩む夫婦がいるとは聞いていたが、まさか自分たちがそうなるとは思ってもみなかった。

一人授かっただけでも十分幸せだが、できる事ならと葵に弟妹を作ってあげたい。

そう思えば思うほど、月のものがくるたびに気持ちが落ち込んでしまう。

「星、見えないな……」

夜空を見上げながら、雛子は独り言のようにそう呟いた。

吹く風に笹飾りが揺れて、薄桃色の短冊がくるりと翻った。そこには雛子が書いた文字で「赤ちゃんができますように」と書かれている。

第二子を願う気持ちは、夫婦共通のものだ。妻の心情を察したのか、将司がそっと肩を抱き寄せてきた。

「大丈夫だ。見えなくても星はちゃんとそこにあるよ」

雛子は頷き、将司の肩に頭をもたれさせる。顔を上げると、将司が雛子を見つめながらにっこりと微笑みかけてきた。

彼の穏やかな表情を見るうちに、自然と気持ちが凪いでくるのを感じる。

将司はいつも雛子を正しい道に導いてくれるし、そうする時も決して必要以上に急かしたりしない。

おかげで、雛子はいつも自分のペースを守る事ができている。

「そうね」

将司を見るうちに、雛子の顔に自然と笑みが浮かんだ。

焦らないで、マイペースで。

そう思いながら、雛子は改めて七夕の夜に願いをかけるのだった。

翌日の午後、雛子は夜市の準備をするために商店街に向かおうとしていた。

スタートは午後四時だが、一ツ橋商店のスタッフとして参加する雛子は、会場設営のために三時間前には現地入りしなければならない。

夜市では毎年いくつかの商店の店頭で模擬店を出しており、万里子は例年綿菓子屋を担当していた。

模擬店は業者を入れず商店街振興組合のメンバーで行う。

去年はまだアルバイトに復帰前だったので、雛子はお客として一ツ橋商店を訪れて、葵とともに万里子が作る綿菓子を楽しんだ。

けれど、今年は綿菓子屋のスタッフとして、実際に綿菓子を作り販売をしなければならない。

そのため、雛子は先々週から万里子に綿菓子作りを習っていた。

去年までは色付きで丸いものを売っていたが、今年から動物の顔を模ったものを作る事になっている。

最初はなかなか上手くいかず苦戦したものの、要領を掴んだおかげで今や綿菓子作りはお手のものになっている。

「じゃ、いってきます。葵、あとでパパと一緒においでね」

準備を終えた雛子は、玄関で靴を履き、見送りに来てくれた将司と葵のほうに向き直った。

「は～い。ママ、いってらっしゃい」

もみじのような小さな手が、雛子に向かってバイバイをする。

その可愛さに心臓が締め付けられ、思わず胸元を手で押さえた。

「雛子、気を付けていってらっしゃい」

葵を抱っこした将司が、愛娘の真似をして雛子に手を振る。

愛する夫と愛娘のダブル攻撃を受けて、雛子は胸を痛いほどキュンとさせながら玄関を出た。

商店街や幼稚園など、自転車で通い慣れた道を行きながら、雛子は我知らずニコニコ顔になる。

（ああ、幸せ……）

日々、悩んだり落ち込んだりする事はあるけれど、自分には家族がいる。

二人は雛子の元気の源であり、幸せそのものだ。

将司と葵がいれば何だって乗り越えられるし、クヨクヨと悩んでいた自分が嘘のように思えてくる。

（我ながら単純だな）

昨夜は自宅の縁側で将司とデートをした。思っていたよりも星は見えなかったけれど、二人きりで過ごした時間は確実に雛子の心を癒してくれたみたいだ。

何はともあれ、毎日は機嫌よく過ごすほうがいいに決まっている。空を見上げると、天気予報で言っていたとおりの青空が広がっていた。

気合を入れてペダルをこぎ、商店街に到着する。自転車を降りて集会所に向かっていると、通路を横切っていた白木生花店のあゆみが急ぎ足で駆け寄ってきた。

「雛子ちゃん、たいへんなのよ！　万里子さんが腰を痛めちゃって――」

あゆみが話す事には、万里子は昼前に夜市の準備をしている最中に、誤って荷物を持ったまま転倒してしまったらしい。

転んだ当初、本人は自宅で横になればそのうち治ると言っていたようだ。しかし、痛がり方が尋常ではない。即刻病院に運び込まれたところ、腰椎を圧迫骨折しているとの診断が下されたという。

「それで今、万里子さんは？」

「そのまま入院になっちゃったのよ。ついさっき、娘さんたちには連絡を済ませたわ。

雛子ちゃんにも電話しようとしてたところなの。万里子さん、骨折してるのに夜市の心配をしててねぇ」

万里子は治療中にもかかわらず、付き添っていたあゆみに夜市に関する言伝をたのんだらしい。

「雛子ちゃんには悪いけど、私の代わりをやってくれないかって言ってたわ」

綿菓子屋は夜市の人気スポットのひとつで、葵も楽しみにしてくれている。日頃、何かと世話になっている万里子の頼みだ。

雛子は自分の胸を掌で叩き、あゆみに向かって力強く頷いた。

「そうですか。わかりました。ドーンと任せてください！」

「よかった！　じゃあ、さっそく田辺さんに報告しないと」

雛子はあゆみと別れ、一ツ橋商店に向かった。

雛子が来るまで、店はあゆみの姪にあたる里穂《りほ》という二十代の女性が留守番をしてくれていた。

彼女は雛子が妊娠出産を機にアルバイトを休止している間、ずっと一ツ橋商店の手伝いをしてくれていた人だ。このあと別のアルバイトがあるという里穂とバトンタッチをして、大急ぎで夜店の準備を進める。

午後四時近くになると、夜店目当ての客がゾロゾロと商店街に集まり始めた。

「雛子。来たよ」

少し前に雛子からの連絡を受けた将司が、一ツ橋商店にやってきた。彼は持参したエプロンを身に着けると、雛子の隣に立って接客を手伝い始める。

「将司、来てくれてありがとう」

「礼には及ばないよ。万里子さんは、大丈夫なのか？」

「今はもう治療してもらって、落ち着いているみたい」

万里子の入院により、雛子は急遽彼女に代わって綿菓子屋の店主になった。

夜市にはたくさんの人が来る見込みで、さすがに大勢の客を一人ではさばききれない。

商店街振興組合のメンバーは高齢の人が多く、夜市ではそれぞれに役割分担がなされており、容易にヘルプを頼めるような状況ではなかった。

何しろ急な事で、雛子は将司に相談すべく彼に電話をした。すると、将司はすぐに助太刀に行くと言ってくれて、早々に駆け付けてくれたのだ。

「葵は？　お義父さん、来てくれたの？」

「ああ。あれからすぐに車でうちに来てくれてね。もうじき葵を連れて夜市に来るはずだ」

綿菓子屋を手伝うにあたり、彼は当初葵も一緒に連れてくるつもりでいた。しかし、それでは葵がどこにも行けず、せっかく楽しみにしていた夜市が楽しめなくなってしまう。

父娘でそんな話をしている時、葵がひとつの提案をした。

『だったら、おじいちゃんに連れてってもらう。パパ、お願いして』

正一郎は日頃から孫娘のために心を砕いてくれており、葵とは仲良しだ。

日頃、プライベートでは父親に連絡などしない将司だが、愛娘の頼みとあっては断れない。しかし、休みの日も何かと忙しくしている正一郎の事だ。

ダメもとで連絡を入れたところ、正一郎は間髪入れず葵の提案を受け入れたらしい。

「ママ！」

夜市がスタートして少し経った頃、葵が正一郎に手を引かれて綿菓子屋にやってきた。濃紺のポロシャツを着た正一郎は愛孫にメロメロの様子で、にこやかな顔で綿菓子をひとつ注文する。

「やあ、雛子さん。夜市は大盛況だね」

「はい。お義父さん、急にお願いしてすみませんでした」

「いやいや、お願いしてくれてありがとう。葵のおかげで、楽しい時間を過ごさせてもらってるよ」

そう話す正一郎は、心底嬉しそうな顔をしている。

「葵は、どの動物がいいかな？」

二人が話している間に、将司が葵の前にしゃがみ込んで見開きのメニュー表を見せた。それは雛子がアクリル絵の具を使って描いたもので、水色のクマやピンク色のネコなどのイラストも添えてある。

「これ、ママが描いたんでしょう？　葵、ママの絵、だぁいすき！」

メニュー表を見た葵が、目をキラキラと輝かせながら顔を上げて雛子を見た。そして、クマの絵を指さしながら嬉しそうに軽くジャンプする。

「葵、クマさんにする。ママ、葵の綿菓子はクマさんの形ね！」

葵の注文を受けて、雛子はさっそく水色のザラメが入ったシュガーボトルの蓋を開けた。回転釜の真ん中にザラメを入れると、すぐに雲のような綿が釜の中に浮かび上がってくる。

それをスティックに上手く巻き付けていくと、みるみる丸い綿菓子が出来上がった。顔の部分になるそれを将司に手渡し、別のスティックに耳にする一回り小さな綿菓子をふたつ作る。

それぞれを合わせたあと、食用シートにフードペンで描いた目鼻口を配置よく顔にくっつけたらクマの綿菓子の出来上がりだ。

「はい、おまたせ」

ふわふわしたクマの綿菓子を見て、葵が歓声を上げる。

「可愛いね、クマさんの綿菓子！　食べるの、もったいないなぁ」

その声を聞いた近くにいた人たちが、ゾロゾロと綿菓子屋に集まって来た。

皆の目の前で、葵がクマの耳にパクッとかぶり付く。

「甘くて美味しい～」

集まったお客の多くは子供で、一緒にいる大人に綿菓子をねだり始める。

意図せずしてお客を呼び込んだ葵は、雛子たちに手を振ると、正一郎とともに別の店に向かっていった。

おそらく、クマの綿菓子を持って歩く葵を見かけたのだろう。愛娘が去った方向から、新たにやってきたお客たちが、一様に綿菓子屋の前で立ち止まる。

夜市の綿菓子は、通常のお祭りで売っているものよりもかなり安価だ。そのおかげもあってか、雛子が作る綿菓子は売れに売れた。

「もう、ヘトヘト。それにしてもすごかったね」

「本当だな。もう、材料もほとんど残ってないよ」

午後九時になり、雛子は将司とともに店の後片付けに取り掛かった。夜市自体も大いに賑わったし、今年も商店街の活性化に繋がったみたいだ。

「そうだ、これ。さっき父が送ってきたんだ」

片付けが一段落した時、将司がシャツの胸ポケットからスマートフォンを取り出して雛子に手招きをする。

雛子がそばに行くと、彼は正一郎から送られてきたという動画を再生した。

「あっ、葵だ」

動画には、夜市を楽しんでいる葵の姿が映っている。

誰かに撮ってもらったのか、正一郎と一緒に金魚すくいをする様子も見る事ができた。水槽の前でしゃがんでいる葵が、ふいにカメラを振り返って笑いながら手を振る。

雛子は思わず手を振り返し、愛娘と同じように口元を綻ばせた。

「お義父さん、わざわざ撮って送ってくださったのね。急なお願いを聞いてもらって本当に助かったし、今度きちんとお礼しないと」

「そうだな」

将司が微笑んで頷く。言葉少なではあるけれど、彼も正一郎の活躍には心から感謝している様子だ。

「じゃあ、僕は一足先に帰るよ。もう遅いから、帰りは十分気を付けて」

「わかった。今日は本当にありがとう」

「どういたしまして。僕のほうこそ、ありがとう。すごくいい経験をさせてもらったよ」

夜市が終了したあと、出店を担当した店主は商店街振興組合の集会所に集まる事になっている。代理ではあるけれど、雛子も来てほしいと言われていた。

「じゃあ、あとでね」

「ああ。帰ったら、冷えたビールで乾杯しよう」

「うん、楽しみにしてる！」

将司を見送ったあと、雛子は店のシャッターを閉めて集会所に向かった。部屋の中に入ると、もうすでに夜市に貢献した人たちが顔を揃えていた。部屋には口の字型に長テーブルが並べられており、それぞれが席についている。

雛子たちが来たのを見て、会長の田辺が大声を上げながら手招きをしてきた。

「お～い、雛子ちゃん。こっちこっち」

呼ばれて彼の隣に腰を下ろすと、それと入れ替わりで田辺が立ち上がった。

夜市が大成功に終わった事を語ったあと、全員で用意されていたビールやジュースで乾杯する。

雛子が選んだのは、当然ビールではなくジュースだ。

「それにしても、綿菓子屋は賑わってたね。今年一番の人気だったんじゃないかな？」

田辺が言い、ほかのメンバーが一様に頷く。

「さすがの宮寺夫妻だな。ほら、何年か前の秋祭りの時も——」

「ああ、そうだったね。将司君、昔から男前だったもんねぇ。今年は葵ちゃんも集客に一役買ってくれたし」

田辺によると、子供の頃一ツ橋商店の常連だった将司は、当時商店街界隈では有名な美少年だったらしい。そんな事もあってか、葵が生まれる前に将司がコスプレをして参加した秋祭りの話は、今も語り草になっている。

「雛子ちゃん、今日は万里子さんに代わって大活躍だったね。本当にご苦労さま」

皆に労われ、雛子は恐縮してあたふたする。

「皆さんこそ、本当にお疲れさまでした。お手伝いできて嬉しかったですし、お役に立てて何よりです」

その後も用意されたオードブルを摘まみながら和気あいあいと語り合い、それぞれのタイミングで席を立って帰る。

雛子は早めに帰るあゆみと一緒に集会所をあとにして、アーケードの外に止めていた自転車を駆って家路を急いだ。

帰宅すると、将司が玄関で出迎えてくれた。葵の寝顔を見たあとで風呂に入り、ようやくホッと一息つく。

振り返ってみれば、今日の午後からは息つく暇もなく動き回った。

まさか夫婦で綿菓子屋をやるとは思ってもみなかったが、将司との連携は絶妙だったし、一緒に店頭に立つのはとても楽しかった。

今年は見物客として店を回る事はできなかったけれど、去年よりも客足は確実に伸びている。

風呂から上がると、将司が縁側に冷えたビールを用意してくれていた。一緒に盆に載せられているのは、枝豆と将司お手製の伊達巻だ。

「うわぁ、伊達巻がある。嬉しいな」

雛子は小さく手を叩いて喜んだ。

地道に練習を続けていた将司は、今ではもう完璧に伊達巻を作れるようになっている。できるメニューのレパートリーも広がっており、料理に関してはかなり腕を上げていた。

「僕は、雛子が喜んでくれるのを見るのが嬉しいよ」

互いに喜び合う夫婦は、盆を間に挟んでにっこりと微笑み合う。

乾杯をしてビールをひと口飲むと、雛子はさっそく伊達巻を切り分けて口に入れた。

ふっくらとした食感に、ちょうどいい甘み。表面には綺麗な縦じま模様が、くっきりとついている。

「んんっ、美味しい～。この甘み、伊達巻ならではよね。口の中でふわふわっとして、噛むとじゅわっとするこの感じ……たまらないなぁ」

もぐもぐと咀嚼して、ごくりと飲み込む。

そこにビールをもうひと口。

「ああ、さいっこう～。今日一日の疲れがいっぺんに吹き飛んだ気がする」

「よかった。夜市から帰ってから作ったんだ。本当はもう少し時間を置いたほうがいいんだろうけど」

「ううん。これ、すごく美味しいし、噛めば噛むほど愛情がこもってるのがわかる」

伊達巻は作ってから一晩おいたほうが味が馴染んで美味しくなる。けれど、置き時間が短くても、十分味わい深い。

二口目の伊達巻をじっくりと味わいながら、雛子は自分を見る将司の顔をじっと見つめた。

「将司、夜市から帰ってからも、いろいろと忙しかったでしょう？」

一足先に帰宅した将司は、葵の面倒を見てくれた正一郎に礼を言い、愛娘とともに帰っていく父親を玄関先で見送ったらしい。葵は眠いのを我慢して将司の帰りを待っていたようで、それからすぐに風呂に入り、出るとすぐに寝入ってしまったようだ。

「今日は、本当にありがとう。将司がいてくれたから、すごく助かったし心強かった。オマケにこんなに美味しい伊達巻まで作ってくれて……私って、何て幸せ者なんだろう……」

話しているうちに、急に感極まって嬉し涙が零れ落ちた。驚いた様子の将司が、盆を脇に押しのけて雛子を胸に抱き寄せる。

「雛子」

将司に名前を呼ばれ、触れてもらうだけで安心する。

ここが自分の居場所なのだと実感して、雛子は瞬きで涙を振り払った。

「ふふっ、何だか感動しちゃって」

将司の指が雛子の頬を濡らす涙をそっとふき取る。

雛子は昨夜と同じように彼の肩に頭をもたれさせ、彼とともに空を見上げた。

晴れてはいるけれど、ところどころ雲があり、ちょうど月を覆い隠している。

「ちょっと待ってて」

将司が立ち上がり、部屋の灯りを消した。月明かりがないから、辺りが一気に暗くなる。それからすぐに戻って来た彼が、もう一度雛子の肩を抱き寄せる。

そして、空いているほうの手で雛子の目元を覆い隠した。

「一分間、こうしていよう。暗闇に目が慣れたほうが、星が見えやすいだろうから」

雛子は頷き、彼の掌のぬくもりを感じながら目蓋を下ろした。

「もういいよ」

耳元で声が聞こえ、雛子は目を開けてゆっくりと空を見上げた。

「わぁ……星、ちゃんと見えるね」

数にしたら、田舎とは比べ物にならないほど少ないし明るさも足りない。

けれど、昨日見えなかった星は、将司の言ったとおりちゃんとそこに存在していた。

それが嬉しくて、雛子はまたちょっと泣きそうになってしまう。我ながら、少々感傷的になりすぎている——。

そう思ってしまうほど、雛子は今の幸せを身に沁みて感じていたのだ。

七月も終わりに近づき、葵の通う幼稚園も夏休みに入った。

土曜日の午後である今日、雛子は将司と葵に留守番を頼み、いまだ入院中の万里子のお見舞いに来ていた。

「腰の具合、どうですか？」

「おかげさまで手術も無事終わったし、毎日頑張って歩く練習をしてるわ」

入院して治療を続けていた万里子だが、その後手術が必要だと判断が下された。

それももう終わり、今は毎日リハビリを頑張っている様子だ。しかし、本人が予想していた以上に入院期間が延びており、今のところ退院は九月下旬頃だと言われているらしい。

「雛子ちゃん、いろいろと迷惑をかけてごめんね。夏休みになって、忙しくなってるでしょう？」

「私は大丈夫ですから、気にしないでゆっくり休んでください。でも、万里子さんがいないの、皆寂しがってますよ」

万里子が言うとおり、夏休みに入った途端、一ツ橋商店を訪れる子供たちの数はかなり増えた。店が開くと同時に小学生から中学生の子供たちが連れ立ってやって来るし、親と一緒に買い物に来た幼稚園児もよく顔を見せてくれる。

少子化が進み駄菓子の需要が減ってきている中、それはとてもありがたい事だ。

しかし、万里子がいない今、一ツ橋商店が開いているのは雛子のアルバイトの時間に限られている。

土日祝日は休みだし営業時間は午前十時から午後三時まで。

今はいいけれど、夏休みが終わったら幼稚園や学校に通う子供たちは、なかなか店に来られなくなる。

その件に関しては、万里子を見舞うたびに話し合ってきていた。その結果、雛子のアルバイト以外の時間帯は、七夕の夜市の時に手伝ってくれた、あゆみの姪にあたる里穂が店番をしてくれる事になった。

これで、とりあえず通常どおりの営業ができるし、万里子も安心してリハビリに専念できるだろう――。

そう思っていたのだが、雛子が見舞いに行った二日後、リハビリ中の万里子が転んで大腿骨を折る大怪我をしたと連絡が入った。

まさかの事態に皆が驚いている中、万里子の娘から彼女の入院がさらに伸びた事を知らされた。

不慮の事故だから、それも致し方ない。

その後、雛子は当初の予定どおり里穂と連携を取りながら、万里子に代わって一ツ橋商店の営業を続けた。

一方、万里子は大腿骨骨折による二度目の手術も終えたのちは、再びリハビリに励んでいる様子だ。

幸いな事に、万里子は前向きに入院生活を続けている。

しかし、二人の娘たちやその家族と話し合った結果、万里子は退院したのちに北関東に住む長女の家で同居をする事になった。

そうなると、当然一ツ橋商店の存続は難しくなる。

万里子から電話連絡をもらった雛子は、すぐに彼女の病室を訪ねた。

神妙な面持ちで雛子たちを迎えた万里子は、長引く入院生活のせいか、多少やつれている。しかし、声には張りがあり、思っていた以上に元気そうだった。

「万里子さん……」

どう声を掛けるべきか迷っていると、万里子が雛子に代わって話し始める。

「雛子ちゃん、あなたにはいろいろと迷惑をかけちゃってるわよね。本当にごめんなさい。それに、一ツ橋商店を続けられなくなってしまって……」

一ツ橋商店は、今や雛子にとってアイデアの宝庫であると同時に、生活の一部だ。子供たちとの交流は日々の癒しだし、商店街の人たちとの繋がりを大切に思っている。

それに、一ツ橋商店を通じて様々な経験をさせてもらっていた。

しかし、すべての決定権は万里子にあり、ただのアルバイトである雛子にはどうする事もできない。

「それでね、前にもちょっと話した事があるけど、雛子ちゃん……あなたに一ツ橋商店を託そうと思うんだけど、どうかしら？」

「えっ……万里子さん、それ、本気で言ってますか？」

「もちろん、本気よ」

確かに、前に店を継ぐ話をされた事があった。さすがに冗談だと思ってそう聞いたら、半分本気だと言われたのも覚えている。

しかし、もうだいぶ前の話だし、まさか今になって本気で店を託す話をされるとは思ってもみなかった。

「娘たちは店を継がないし、そもそも二人とも気軽に通える距離に住んでないわ。誰も継いでくれないとなると、取り壊して空きスペースにするしかなくなるでしょうね」

「そんな……」

かつてシャッター通り化が進んでいた商店街は、振興組合の人たちの努力の甲斐あって、賑わいを取り戻している。

それなのに、子供たちが集うあの店がなくなってしまえば、どうなるだろう？

少なくとも、聞こえてくる子供たちの声は少なくなる。

祭りなどのイベントを開催するにしても、多少なりとも集客率が減るのでは？

そう考えられるくらい、一ツ橋商店は商店街活性化におけるひとつの要となっていた。

「だからね、無理を承知で雛子ちゃんにお願いしようと思ったの。あそこは私の持ち家兼店舗だし、雛子ちゃんさえよければ、あのまま引き継いでくれたらすごく嬉しい。形は変わっても構わないし、好きに使ってくれていいから」

ある程度蓄えがあるという万里子は、店を引き継ぐ事によって利益を得ようとは思っていないらしい。あくまでも目的は一ツ橋商店の存続であり、テナント料をもらうつもりもないという。

「長い間暮らした場所だから、思い入れはあるわ。でも、雛子ちゃんになら譲渡してもいいと思ってるの。もちろん、娘たちとも話は付けてあるのよ」

「ええ……」

そう言われても、雛子には家族も仕事もあって、すぐには決められない。

雛子は一度将司と相談してみる事にして、病室をあとにした。

「一ツ橋商店は、失くしたくない。でも、引き継ぐとなると、それなりの覚悟がいるし、私が店を経営するなんて……正直、まったく自信ない」

その日の夜、雛子は将司に相談を持ち掛けた。

「万里子さん、本気だったんだな」

以前、万里子に一ツ橋商店を継いでほしいと言われた事は、将司にも話していた。

彼も、まさか万里子が本気でそう思っているとは考えていなかったようだが、夫として自分なりの意見を言ってくれた。

「一番大事なのは、雛子自身の気持ちだ。葵はもう幼稚園に通っているし、里穂さんがいてくれるなら、やれない事はないと思う」

里穂とは事前に話し合っており、継続して雇ってくれるなら協力は惜しまないと言ってくれている。

彼女とは万里子の入院以来、同じアルバイト仲間として頻繁にコミュニケーションを取っており、今では友達と言ってもいいほどの仲になっているのだ。

「でも、これからもし二人目ができたとしたら……」

なかなかできないが、夫婦はまだ二人目を諦めていない。今後できるような事があれば、引き継いでも産前産後はどうしても休まねばならなくなるだろう。

「その時も里穂さんがいてくれるし、必要ならまた別にアルバイトを頼む事もできる。僕も協力するし、アルバイトに関してはうちの学生たちに頼んだりできるだろうし。だけど、雛子はもう一ツ橋商店については前向きに考えているんじゃないか?」

将司に指摘されて、雛子は今一度自分の気持ちと向き合ってみた。

確かに、そうでなければ里穂に協力してもらえるかどうか聞いたりしない。

二人目に関しても、相談という形を取ってはいるが、どうにか乗り越えられる方法を考えていた。

「そうだね。……だって、私、一ツ橋商店が大好きだもの」

「ああ、そうだな」

将司が同意し、雛子の目をじっと見つめてくる。

「一ツ橋商店があるから、私は地域の子供たちや商店街の人たちと今みたいな繋がりが持てた。店だけじゃなくて、商店街のぜんぶが、私にとってすごく大事で、これから先も絵本作家としてやっていくためにも、なくてはならない場所だって思うの」

「きっと、そうだ。ちょうど商店街の人たちをモデルにした絵本のシリーズ化が決まった事だし、僕としてもあの場所は手放すべきではないと思うよ」

今週になってすぐに、燈出版から雛子宛に連絡があった。

要件は将司が言ったとおりの事で、それを聞いた時の雛子は文字どおり飛び上がって大喜びをした。二冊目に出した絵本でもそんな話が持ち上がっていたが、結局シリーズ化は見送られた。

それだけに、最初に出した絵本のシリーズ化は願ってもない話だった。

「いずれにせよ、一度商店街の人たちと話してみたらどうかな？　そうしたら、いろいろと決心がつくかもしれないよ。雛子がどういう選択をしようと、僕は雛子を支持する。それだけは、忘れないように」

優しく促され、雛子はこっくりと頷いた。

将司と話しているうちに、だんだんと自分の考えがまとまって来たような気がする。

やはり彼は、自分を正しく導いてくれる大切な人だ。

夫婦で話し合った数日後、雛子はさっそく会長の田辺に頼んで商店街振興組合のメンバーたちに集まってもらった。

雛子が話すまでもなく、皆万里子からだいたいの話は聞かされている。

それでも、雛子はけじめとして改めて皆に一ツ橋商店について万里子と話し合った内容を話した。

すると、皆は雛子を後押しすると言った上に、カバーしきれない営業時間や人員については商店街振興組合としてきちんとサポートすると約束してくれたのだ。

「これは、何も一ツ橋商店だけの話じゃないんだ。今後もきっと、後継ぎ問題は出てくる。その時は、今回と同じように、皆で話し合って解決していかなきゃならないからね」

田辺が言い、皆が一様に頷く。これほど強い繋がりがあるから、ここの商店街は今も地域の人たちが集まる場所になっているのだろう。

「私、皆さんと話して、決心しました。一ツ橋商店を万里子さんから受け継ぎます。改めて、どうぞよろしくお願いいたします！」

雛子が深々と頭を下げると、その場にいた全員が拍手喝采した。

「それにしても、ここを舞台にした絵本の第二弾が出るとは、めでたさ倍増ね」

「何だ、それは?」

商店街を舞台にした絵本のシリーズ化が決まった事は、万里子とあゆみにだけは先に話していた。一ツ橋商店の件が終わったら話そうと思っていたが、あゆみに先を越されてしまった。

「雛子ちゃん、私から話していいの?」

「もちろん、いいですよ。どうぞ、お願いします」

万里子が商店街からいなくなると決まった今、その穴を埋めるのはあゆみしかいない。時間ともに、少しずつ商店街は変わっていく。けれど、人と人との繋がりが続けば、ここはいつまでも活気を持ち続けるのではないだろうか。

「絵本の第二弾が出たら、うちでサイン会を開きましょ」

竹内書店の千鶴子が気の早い事を言い、あっという間にサイン会の実施が決定する。

皆、心優しくて、温かい人たちばかりだ。

集会所に集った人たちの顔を一人一人眺めながら、雛子は絵本作家としての創作意欲が湧くのを感じるのだった。

長かった夏休みも終わりに近づき、夫婦は近頃では恒例になっている縁側での夜涼みをしていた。

ただし、今夜は葵もいる。昼間少し昼寝をしすぎたのか、まだ眠くないと言って将司の膝の上を陣取っていた。だが、庭を眺めながら話しているうちに、いつの間にか眠ってしまったみたいだ。

「ふふっ、可愛い顔して寝てる。あと三カ月もすれば四歳になるし、来年の今頃は弟か妹のお姉ちゃんになるんだものね」

「え？」

将司がいつになく驚いた顔をする。

彼は雛子の顔とお腹を交互に見比べて、嬉しそうに破顔した。

「もしかして、七夕の願いが叶ったのか？」

縁側には、もう七夕飾りはなくなっている。けれど、雛子がピンク色の短冊に書いた願いは、ちゃんと天に届いていたみたいだ。

雛子が少しはにかんで、小さな声で「うん」と言った。

心から願えば、きっと叶えられる。たいへんな時期はその時々にあるけれど、このまま家族一緒に幸せを育んでいきたい。

将司が雛子に向かって、両手を広げる。

雛子は、愛する夫の背中に手を回すと、彼の腕の中にいる愛娘ごと胸に抱き寄せるのだった。

END

あとがき

「後妻ですが、バツイチ旦那さまの容赦ない激甘愛でとろとろに溶かされています～きまじめ教授と初心な教え子の両片想い即日婚～」をお買い求めいただいた皆さま、心からお礼申し上げます。

今回は心から尊敬し、慕っていた人とワンナイトラブを経験し、怒涛の展開でその人の妻になった田舎娘のお話でした。

誰しも何かしら取柄はあるもので、ヒロインは明るく前向きな上に家事なら何でもござれ。オマケに害虫駆除まで難なくやってのけます。

対するヒーローは家事能力が低い虫嫌い。実はもとからいい感じにマッチングしていた二人は、周りの後押しもあって見事夫婦になりました。

私は恋愛において、一目惚れとか、運命の人っていうのは実在するんだと思います。

皆さまは、どうお考えですか？

本作を出版するにあたり、ご尽力くださった方々に心から感謝いたします。

読者さまにとっての運命の人が、確実に現れますように。

それでは、また次の作品でもお会いできるのを楽しみにしております。

有允ひろみ

ファンレターの宛先

マーマレード文庫をお買い上げいただきありがとうございます。
この作品を読んでのご意見・ご感想をお聞かせください。

宛先 〒100-0004　東京都千代田区大手町 1-5-1
大手町ファーストスクエア イーストタワー 19 階
株式会社ハーパーコリンズ･ジャパン　マーマレード文庫編集部
有允ひろみ先生

マーマレード文庫特製壁紙プレゼント!

読者アンケートにお答えいただいた方全員に、表紙イラストの
特製 PC 用・スマートフォン用壁紙をプレゼントします。

詳細はマーマレード文庫サイトをご覧ください!!
公式サイト
@marmaladebunko

SNSもチェック!

マーマレード文庫

後妻ですが、バツイチ旦那さまの容赦ない激甘愛でとろとろに溶かされています
～きまじめ教授と初心な教え子の両片想い即日婚～

2024年11月15日　第1刷発行　定価はカバーに表示してあります

著者　有允ひろみ　©HIROMI YUUIN 2024
編集　O2O Book Biz株式会社
発行人　鈴木幸辰
発行所　株式会社ハーパーコリンズ・ジャパン
東京都千代田区大手町1-5-1
電話　04-2951-2000（注文）
0570-008091（読者サービス係）
印刷・製本　中央精版印刷株式会社

Printed in Japan ©K.K. HarperCollins Japan 2024
ISBN-978-4-596-71783-2

m a r m a l a d e b u n k o